心界

舒心 著

北京时代华文书局

图书在版编目（CIP）数据

心界 / 舒心著 . -- 北京 : 北京时代华文书局 , 2024.4
ISBN 978-7-5699-5452-4

Ⅰ . ①心⋯ Ⅱ . ①舒⋯ Ⅲ . ①诗集－中国－当代 Ⅳ . ① I227

中国国家版本馆 CIP 数据核字 (2024) 第 070017 号

XINJIE

出 版 人：陈 涛
责任编辑：沙嘉蕊
责任校对：陈冬梅
装帧设计：百悦兰亭
责任印制：刘 银 訾 敬

出版发行：北京时代华文书局 http://www.bjsdsj.com.cn
　　　　　北京市东城区安定门外大街 138 号皇城国际大厦 A 座 8 层
　　　　　邮编：100011　电话：010-64263661　64261528

印　　刷：廊坊市海涛印刷有限公司
开　　本：880 mm×1230 mm 1/32　　成品尺寸：145 mm×210 mm
印　　张：12　　　　　　　　　　　字　　数：220 千字
版　　次：2024 年 4 月第 1 版　　印　　次：2024 年 4 月第 1 次印刷
定　　价：58.00 元

谨以此诗歌集献给我爱的和爱我的人

序

　　这是一次非常愉快的诗歌阅读之旅。它们并非出自名人大家手笔，却文如其名，拓宽了人的"心界"，让心有如沐浴焚香般明净透彻。

　　王国维在《人间词话》中借诗词来描绘人生的境界："'昨夜西风凋碧树。独上高楼，望尽天涯路。'此第一境也。'衣带渐宽终不悔，为伊消得人憔悴。'此第二境也。'众里寻他千百度，蓦然回首，那人正在灯火阑珊处。'此第三境也。"人生如诗，诗如人生，王国维无疑找到了最好的方式描述超脱的人生，从为世所累、感怀惆怅到不甘庸碌、苦苦探索，再到淡泊宁静、了然于心的成长过程。这是一种诗意的成长，也只有从诗歌的写作中最能感受到这历程中的点点滴滴。这也正印证了作者在自序中所说的"我的诗歌，是对人生的思考，是对生活的体悟，是对爱情的表达，是对自然的理解，是对生命的敬畏。有时情感热烈，有时心情淡然，有时欢笑着写，有时流着泪写，都是最真情的告白，最深刻的求索"。在这真情的告白和深刻的求索背后，用作者自己的话说，贯穿始终的，是一棵来自自然的小小草，以本真的灵性与宇宙的对话。其中既有中国传统诗歌中唐音的意象空灵、性情真挚，又有宋调的视角精巧、哲思深沉，既有古人的超越情怀，又有今人的形式别致，实为浸染了喧嚣与杂念的现代社会中不可多得的一片心灵的绿洲。

　　作者说，"从来，我不虐待文字。我追求的是意境和感悟"。的确，好的文字从来不是字斟句酌地"作"出来的，而是借着诗人的一双细腻的眼睛捕捉下一个个自然灵动的意象，再任其行云流水般伴着真挚的情感"流淌"出来。诗集中作者对意象的把握是非常动人的。《美丽的衣裳》中一个生活中简单的"衣裳"的意象在诗中创造出好几个不同的场景,将"女为悦己者容"的温婉情愫像涓涓流水般表达出来,展现出别样的意境。紧接着一首《原因》更值得细品。诗歌篇幅很短,却紧紧凭借泪滴滴进心海这样一个简单的流动意象深深地打动人心,仿佛这样一滴泪,不仅仅滴进了爱人的心海,也顺势滴进了所有读者的心,触及人心底最柔软的地方,"泛起了圈圈涟漪"。《秋日的私语》则是一首典型的写景诗,但其别致之处在于这并不是对真实秋景的描绘,而是作者在音乐里看到的色彩斑斓的景象。在想象的世界中作者尽情地渲染她心里秋天的样子,有树影斑驳,有湖水清冽,有荷花摇曳,有果实绚烂,还有飘忽不定的秋的情愫和生命的体悟,一切都自然地交融在一起,展现出开阔的境界。

　　这也是一本具有形式感的诗集,比如《水知道》看似道理简单、语句平实,却采用了非常精巧的形式,体现了现代诗歌最突出的特征。全诗句子长短交错、不拘一格。错乱的断行却意外地产生了参差的美感,更是成就了最适合表达水的特性的稳定的内在节奏。水的特性可以是多种多样的,变动不居,却又因物赋形,正与这首诗变动的外在形式与柔韧的内在节奏完美契合,也传达出作者如水般包容、开放的心境。《淡》也具有十足的形式感和现代感。七行的小诗,极简的语言,日常的意象,却因为看似不经意的简单形式安排体现出流动的情愫,对过往的回忆如水般淡然的心态。

　　在这本诗集中,细腻的情感与生活的哲思是如影相随的。自古以来,唐诗的情感真挚自然,"不著一字,尽得风流"。宋诗则更为超脱,满是冷静的哲学智慧,也因此受到褒贬不一的评价。而在这本诗集中,独特的女性智慧让这两种风格很好地融合起来而不显刻意,让生命中最细小最普通的情感都妥妥地在心中找到了安顿之处，并时不时让人感受到超越的力量。信手翻开一页：《向阳花开》，如诗人所言，这是一条"赤脚走来"的"自我救赎的路"，她渴望"你把智慧悄然送来"，而这智慧，与其说是"你的馈赠"，不如说是一颗赤子之心的超越与感悟，是自我的救赎，而不是他者的救赎，这便尤为可贵。而这开篇并没有像多数宋人一样用逻辑的推演或生涩的议论表达出来，取而代之的是用简单白描的方法、引人入胜的哲思、真真切切具体可感的形象和场景来切入主题，同时又是一个诗意流动的场景——"我／看到我由一株小草变成一株向日葵／向着太阳旋转饱满的身姿／抖落尘埃／节节攀升"。这并不是真实的一幕，却让人觉得清晰可见、伸手可及。这与抽象的哲理无关，却清清楚楚展现出由对心之明镜台"时时勤拂拭，勿使惹尘埃"的执着追求，到了然感悟到"本来无一物，何处惹尘埃"的轻松洒脱的全过程。这自然流畅的表达正印证了作家汪曾祺所说："语言的美，不在语言本身，不在字面上所表现的意思，而在语言暗示出多少东西，传达了多大的信息，即让读者感觉、想见的情景有多广阔。古人所谓言外之意、弦外之意是有道理的。"生活的智慧无处不在，妙悟的灵性与诗意的情怀同等重要。

"我想／所有的花儿啊／需要的／只是爱……""因为／只有爱／才能让花儿绽放得最美……"（《花》）。一首好诗，超越世俗的喧嚣与杂念，让人心变得简单、纯净，"乃知天壤间，何人不清安"。这便是诗歌最大的意义。

我与作者并不相识，却看到她有一颗洒满阳光的、善良、柔软的心。

北京师范大学中文系副教授
刘思宇
2016 年 4 月 20 日

3

自序一

其实，

离开地球来看地球，

人的一生本没有什么意义可言。

身后的事谁也证实不了，

就变成了信仰。

人活着，

都是在追求自己的感觉，

各种各样的感觉。

然后，

为了这份感觉，

做着各种各样的事情。

如此而已。

自序二

我是一株小小草，来自自然。

每个人都来自自然，都是宇宙之子。所以我们最愿意做的就是仰望星空。我希望最终自己也能成为其中一颗小小星星。

这两百余首诗歌，是从 2013 年至 2022 年之间所写。是无心之举，每当灵感来袭，就记录下来，不知不觉完成了这些诗歌。在老师和朋友们的鼓励下，我决定把这些诗集结成册。给自己一个总结，给老师朋友们分享。我想这是一件非常有意义的事。我愿意这么做。

阳光透过窗帘，显现点点金色斑点。

躺在音乐里，恢复昨夜未眠的身体。

我相信，人是有频率的，频率一样的人在一起，振幅最大。所以，我们感怀的一样，所以，我的文字你懂。所以，我们是一类人。

从来，我不虐待文字。我追求的是意境和感悟。

我的诗歌，是对人生的思考，是对生活的体悟，是对爱情的表达，是对自然的理解，是对生命的敬畏。有时情感热烈，有时心情淡然，有时欢笑着写，有时流着泪写，都是最真情的告白，最深刻的求索。

目录

001 老歌

老歌
把过去抽丝般从身体抽离
情意陷入到过去的情境
或喜或悲
如何才能回到过去
百转千回
只为真

002 渴望

我渴望飞翔

在水洗过的蓝天

在苏醒过的草地

在伸向苍穹的树梢

在亮晶晶的阳光里

飞呀飞……

003 惠特妮

夕阳下
奔驰在惠特妮的歌声里
那高亢百转千回的歌声
把我紧紧包围
用力拉下来
再抛向蔚蓝的云端
揉碎我的身体和灵魂
把一切弥散在天际
爱我的人们和我爱的人们
以及那些跌宕起伏的故事
终究消散
就像从未发生过
从未存在

004 美丽的衣裳

美丽的衣裳
映出我纤细的腰身
你若在
可否一手掌握

美丽的衣裳
掀起我万种风情
你若在
可否一心怦动

美丽的衣裳
罩住我玲珑的心灵
你若在
可否看到衣裳下为你荡漾的心海

你不在
我褪去美丽的衣裳
她软软地化作成水
和着一样化作水的我
弯弯地流向你

005 原因

如果
你的心微微驿动
那么
一定是我此刻为你流下的泪滴
滴进了你的心海
泛起了圈圈涟漪

006 秋日的私语

我现在

喜欢音乐

也只有在音乐里

我才会走出来

在音乐里

我看到秋天金黄色的叶子在树上摇曳

在湛蓝的天空里悠然飞舞

在疾风骤雨里零落

在你我的脚下吱吱作响

还有秋天凉凉的平整的湖水把清冽的感觉

传到心间

还有那黑黑的湿湿的桨把平整的湖水

一圈一圈搅动开来

让美丽的湖露出了她温柔的笑靥

还有那展露婴儿般纯净肌肤的荷花

温婉地在绿色的大手掌里幸福依偎

还有那金灿灿的红彤彤的各色的果实啊

你们在田间尽情绽放

你们在枝头躲藏

因为一切的一切

只为你

为着你成熟的这一天

有的因你笑了

有的因你哭了

当一切繁华尽现之后

冷冷的秋风无情地带走一切
树叶入泥
湖水冻结
轻舟归岸
花儿凋零
果实消失
但
风留下了种子
各种各样的种子
待以时日
一样的
不一样的
秋天
又来了

007 水知道

水
晶莹剔透
温婉柔软
似油
似泪
屈存于任何器物
伸展于任何器物
有时呼啸
有时潺潺
软
从指间滑落
坚
久击石可穿

你爱
水知道
接受

你怨
水知道
接受

水
载任何

水
善

水
接纳一切

水
有心
在她的结晶里

水
盛开在她的结晶里
水
衰落在她的结晶里

其实
水
知道
一切

008 淡

把一切过往
系成美丽的蝴蝶结
挂在那里
然后
如水般
淡然
走过

009 花

世间的花儿啊
有红的
有白的
有黄的
……
色彩缤纷

世间的花儿啊
有三瓣的
有五瓣的
有整朵的
……
形态各异

世间的花儿啊
有的开在路边
有的开在温室
有的开在旷野
……
各得其所

世间的花儿啊
有的白天绽放
有的晚上绽放
……
各待其时

世间的花儿啊
有的只绽放一夜
有的绽放月余
………
各为悦己者

世间的花儿啊
有的一生绽放数次
有的一生绽放一次
有的活了几世绽放一次
……
各自等待

自然界里的花儿啊
生得精彩
美得自然
活得风骨

温室里的花儿啊
生得平凡
美得千篇一律
活得低矮

温室里真的那么欢喜吗
如果花儿的一生
只为养分才能活

只不断地

不断地
汲取……
那么花儿的一生
只是活着……
也许花儿有花儿的打算
成了精的花儿
有无尽的办法

其实草儿都知道
其实天都知道

我想
所有的花儿啊
需要的
只是爱……
只是花儿的心被什么遮住了
因为
只有爱
才能让花儿绽放得最美……

我喜欢旷野里的花儿
自由
奔放
坚强
纯粹
只为一个人而绽放
哪怕等待一生
哪怕等待几世……

010 夜的海

海
颜色绚烂万千
海
波涛千变万化
可我
只喜欢
黑夜里的海

夜的海
每当我伫立在你面前
我看到
你无边的胸膛
容纳我一切委屈
你静静地倾听
吸纳我千言万语
我听到
你细哝软语抚慰我
我感受到
你温柔的大手
一次一次追越海与沙滩的边界
轻抚我的双足
我一步一步走近你走进你
你比任何时候都温暖
用白天得来的阳光微熏我
我把泪滴下

让泪也变成海
当他也来看海
他就会看到我的那滴泪

夜的海
每当我伫立在你面前
每一次
我都久久不愿离开黑夜里的你

我爱黑夜里的海
夜的海
我看
最美
游将进去
我就会变成最神秘的美人鱼

011 第一场雪

第一场雪

雪花漫天飞舞

尽情展现她灵动的舞姿

地上薄薄的清雪

被风轻拥得

展露迷人笑靥

幸福得

在地面

开出一朵朵花来

随风飘动

飘到我心里……

雪夜过后

雪花邀约阳光

用正确的姿势一直爱……

012 不必

水
无言
智者知其善

风
无言
智者知其威

光
无言
智者知其明

夜
无言
智者知其静

花
无言
智者知其美

树
无言
智者知其意

山
无言
智者知其坚

海
无言
智者知其纳

那么
其实
你不必言

013 送歌

你送的歌给我灵感
你哪里来的歌
为什么总给我这样的毒药
让灵感的蛇如此缠绕

014 新年

新年将至
每一个人心情都洋溢起来
孩子要我用雪把他埋起来
像沙子一样
我照做
厚厚的
白白的
雪啊
环绕在你我周围
升华你我的灵性

未来
因为未知
所以有趣

015 静物

天
像罩住了磨砂玻璃
让水泥的丛林朦胧起来

雪的花又从未知的地方深情走来
一片一片
四面八方地跳跃
扑到街边大树小树的枝丫之上
给那些树儿啊
穿上洁白婚纱洁白礼服
树儿啊
静默地守候
虽然树儿的根早已
深深地坚守在冰冷的土壤里
可是树儿不怕
因为树儿知道春天总会来临
雪的花为树儿装扮上最美丽的睫毛
树儿淡淡地看着车来车往
树儿充满爱意地看着人来人往

流动的物质啊
终将被时间吞没
唯有爱
她从未消失过
她化作柔嫩的雪的花儿

她化作多情的树儿
她化作阵阵微风
她化作你我的血液……
朦胧的天色
模糊了我的眼
清澈了我的心……

雪的花
盛开在你我
各自的故事里……

016 我要飞

我要飞
脱掉一切羁绊
飞翔

生出彩色翅膀
遨游在这个世界
煽动美丽双翼
飞，飞，飞……

我飞过崇山峻岭
在茂密的丛林
停下来
听百鸟欢歌
看百兽恩爱

我飞过壮观大海
在大海中的奇石上面
停下来
感受阵阵潮意
看那浪花与海滩不停歇地缠绵

我飞过纯洁白云
在云端
停下来
看太阳的火辣

看月亮的柔美
看星星的守候

我飞过你我的头顶
看你我的爱恨情仇
看岁月在你我脸上身上划过的痕迹
看你我心的蜕变

我
飞呀飞……
一切也阻挡不了我
一切也奈何不了我

只要
我想飞

017 在路上

在路上

在路上

我一直喜欢在路上的感觉

我一直迷恋接近终点的过程

在爱人身旁

在微醺的歌声里

就让那时那刻

停留

停留

我不要锦衣玉食

我不要豪宅美车

我不要孤单寂寞

只要与你相伴

只要四目相对

此刻

无数的小雪蛇在地面盘旋

让我想起那个冬天

当我躺在冰冷的手术台上

我做了一个梦

梦见我在一个长长的隧道里

变得极其渺小

甚至像一只小动物

蜷缩在隧道近处

隧道尽头是温暖明媚的光芒

我感觉到

所有的痛苦纠结期盼已荡然无存
只有喜乐引领我走向那光明的尽头……
可是
一个声音把我从梦境里拉回
"男孩，6 斤 2 两！"
如今
再回首
记忆已献给了岁月
只留下点点雪花
继续在路上
永远在路上……

018 封印冰上野马

你曾经
似风
在冰上狂舞

你曾经
似马
在冰上狂奔

带起四溅冰花
掀起阵阵风浪

辗转腾挪
纵横驰骋

用最优美的姿态
划出最美的一圈圈涟漪……

黑色小球
在球拍左拥右抱下
直击球门深处
完成一个又一个完美轮回

封冻的河
风再吹过
也泛不起涟漪

封冻的心
言语再说
也升不起火焰

再一次爱上他
相见的路感觉漫长

握着他的手
凝望他的脸
就像在珍爱一件宝贝

爱
只做你喜欢的事
只说你喜欢的话
因为
喜欢看你欢喜的笑脸
扑到你的怀里
要你抱住我
让你释放你无限委屈
要我坦诚流露对你的爱
我们一起恸哭

我才惊觉
你是我最深爱的男人
我的爸爸

没有爸爸踩过的雪
不美

没有爸爸旁观的幸福
不彻底

没有爸爸做的饭菜
不香甜

没有爸爸的家
我不要

我如此期待
鞭炮响起
烟花烂漫
那时
我的爸爸就会走着回家了

我爱你
爸爸
越来越爱

019 悟

花一路怒放
情一路播撒

阳光照耀万里
狂风席卷万物

火山喷发
情似岩浆　喷薄而出
热辣滚动　所到之处
瞬间收复一切

地动山摇
爱似呼喊　撼天动地
振聋发聩　所受之处
须臾颠覆一切

耳边传来
大海的召唤
耳边传来
宇宙的讯息

让我用
春夏秋冬装满我的心
让我用
风霜暴雪锻造我的心

让我用
阳光雨露温暖我的心
让我用
拂晓之亮警醒我的心

身边吹来
鸿雁的传书
身边送来
慈悲的佛手

我似天鹅
抖落杂尘
轻扬双翅
徐徐起飞，起飞，起飞……
留下一地美丽羽毛
微风吹来
亮光闪闪
只一瞬
全然化作水
只一瞬
全然化作气
了了无形……

赤足走在火上
已无感觉

无伞站在雨里
让冰冷的水熄灭心火

狂风怒卷
索性脱掉纠缠的丝巾

雪花乱舞
钻进雪花变成的冰里

绿色的森林
冲进去变成孤单的飞鸟

黑色的大海
游进去变成寂寞的鱼

一杯酒
不喝
看着就醉了

一千年前的泪
不落
滴落在今世的心里

020 恋

穿过黑夜的我的眼
看到你的眼

穿过黑夜的我的心
看到你的心

穿过黑夜的我的身
看到你的身
来到你的身旁

你是否感觉到了
任何时候我对你的情意

月光皎洁
星光寂寥
我踏着我们的歌曲而来……

看着你熟睡的样子
像个孩子
此刻
你停止思想了吗
我羞涩地轻吻你脸颊
我鼓起勇气轻吻你嘴唇
抹去你一天的辛劳

躺在你的怀里
为什么
我感觉如此的心安
你紧紧地环抱我
那样地爱我
一心一意

泪花开放
幸福的泪花
不舍的泪花
洒落你的枕
你是否感觉到潮湿

然后
我在你均匀的气息里
看着你
一点一点飘离你

别了
我的爱

你已经深深地刻在了我心里
文在我心里
任何药水也洗不掉

你已经融化到我的血液里
跑遍我周身
任何人也捉不到你

你已经沦陷在我的眼里
眼里看到的
都是你

你已经深藏我身里
我呼出的
都是你的气息

别了
我的爱

要我如何与你告别
才能离得开你
我想
我不能与你甜蜜地告别
只有生你的气
才有勇气与你告别……

于是
我真的生气了

留给你
没有我的空间

让你怀念我
我网住你
用最深情的网

从此
无人可以抵达你

从此
你因我
而无憾今生

021 我醉了

夜
我醉了
看着浴屏上时缓时急流下的水流
寂寞的水
流向未知
我在朦胧的浴屏上写下你的名字
让蒸汽一点一点吞没
它在心里却越来越清晰

夜
我醉了
看着时间一点一点流过
流过需要雨露的花朵
流过墙上孤单的影子
流过长长的睫毛

夜
我醉了
黑夜给我能量
我一个人发着光
照亮自己的心

夜
我醉了
我听到音乐
我看到我和你在音符里旋转……

夜
我醉了
忘记一切
只记得你

我醉了
醉倒在你的眼里
醉倒在你的怀里
醉倒在你的心里

夜
我醉了
无须酒

022 你可以等我吗

你可以等我吗
就像冬天等待夏天
静静守候

你可以等我吗
就像春天等待燕子
岁岁年年

你可以等我吗
就像牛郎等待织女
无始无终

你可以等我吗
就像琴弦等待抚弄
无怨无悔

你可以等我吗
就像蜜蜂等待花朵
只为一朵

你可以等我吗
就像我等你

023 思念（一）

思念
从心湖漾出来

一丝一丝
无穷无尽

在歌声里
升腾
弥漫在空气里
化作细细的美丽雾珠
我吸进来
融入我血液
我呼出去
环绕周身

无法挣脱思念的茧
她越来越紧紧地缠绕着我

我如何破茧成蝶
飞向你

我不知道
只看着思念不断地增长
无能为力……

我想扯来冬的寒冷
冰封她
她却比火热

我想取来春的活力
感染她
她却比风狂

我想摘来夏的妩媚
诱惑她
她却比冰坚

我想采来秋的果实
取悦她
她却比水淡

我无能为力
只看着思念不断增长
我不知道

024 丢心

我发现
我的心丢了
丢给太阳
只有得到太阳的讯息
我才感觉温暖

我发现
我的心丢了
丢给大海
只有在大海上航行
我才感觉辽阔

我发现
我的心丢了
丢给天空
只有在天空的笼罩下
我才感觉心安

我发现
我的心丢了
丢给了你
你是太阳
你是大海
你是天空

我无时无刻不思念你
我无时无刻不需要你
我无时无刻不等待你

虽咫尺
却似天涯

让我化作水
弯弯曲曲地流向你
漫过你的身体
融入你的心灵
化作你的一部分

你载着我
去你想去的任何地方

这样
好吗

025 泪

泪
从眼里流下
弯弯曲曲地流过脸颊
流到心里……

日积月累的眼泪啊
让心海一涨再涨
让心海变得辽阔
辽阔得跟大海相接

春夏秋冬的眼泪啊
在枕边留下淡黄的花朵
一朵一朵寂寞地留在枕边
不敢示人

让我把孤单的眼泪
让我把伤心的眼泪
在今夜
流尽
收集起来
装进最美的瓶
洒落泥土
让她们入土为安

与她们永远告别

026 错

我错了
以为天空离不开云朵

我错了
以为鸟儿离不开天空

我错了
以为巢儿离不开鸟儿

我错了
以为枝丫离不开巢儿

我错了
以为树林离不开枝丫

我错了
以为兽儿离不开树林

我错了
以为人儿离不开兽儿

我错了
以为你离不开我

我错了
以为我离不开你

027 离别

把红色指甲洗净
就是熄灭心中火焰

把红唇抹掉
就是擦掉思念

把长发扎起
就是心念归一

不在一起的日子
度日如年
在一起的日子
度年如日

别
一别就是斩断今生

别
再别就是勾掉生生世世

别
三别就是我从此流浪

028 告别

在无人的旷野
狂奔
长发飘起
风把思念从我的发间吹散

在无人的公路
飙车
在轰鸣的引擎声中
车轮把思念绝情碾压过去

在万里高空
我乘着飞机的翅膀
接近炙热太阳
让阳光照进心里
把思念晒黑
化作阵阵青烟
从心蒸发开去

在无人的深潭
我遨游
掀起阵阵水的花
圈圈涟漪把我周身的思念吸纳进潭底

可是……
在无人的梦境
思念却固执地
从旷野
从公路
从高空
从深潭
从四面八方……
涌进我的梦乡
于是
在遇见你的路上
在你的眼神里
我看到了同样的思念
我忘记了曾经的百转千回
只留下热烈的有力拥抱……
梦醒时分
我看到一床的思念……

029 忘记

我的深情
如无垠大海
广袤，苦涩，接纳，孤独
浓得化不开

现在
我用泪花稀释它
我用时间淡化它
它的味道依旧
怎么办

那么
我
愿平静的海面掀起滔天巨浪
把一切前世缘分
揉碎，卷起，落下，沉没
压向海的底
落入泥沙底下
再也找不见

然后
我
去掉了深情的我
就是那清澈透明的海
淡淡地在阳光下

慢慢飘荡

留下大朵大朵

曾经盛开的花朵

在翡翠的海面下

随波浪摇曳

纪念曾经的爱过

如此

我看向远方

朦胧的天海之间

一只小船悠悠向我驶来……

030 如果

如果
我是一枝花朵
让我只在——爱我我爱的他面前盛开
因为我在他面前才最美

如果
我是一株小草
让我长在——爱我我爱的他每天必经的路边
因为我天天牵挂他的安危

如果
我是一棵树
让我是那棵长满眼睛的树
因为我看也看不够——爱我我爱的他

如果
我是一朵云
让我变成天空里最白的云朵
在爱我我爱的他的头顶笼罩
降下柔柔细雨
轻抚他的身体
就像从前一样

如果
我是水
让我快快流到爱我我爱的他——大海的怀里
永远再也不分开

如果没有如果
在今生
我再也无言
只望向他
只望着他……

031 空

把思念深深地

深深地

埋藏

埋藏到大海最深处

就像从未盛开过一样

让肚子空一会儿

让手机空一会儿

让情感空一会儿

不留白的人生

喧闹而无深度

032 伤

阳光再烈
也温暖不了我的心

雪花再白
也洗不白过去

时光再慢
也回不去无痕面容

蜜语再甜
也不过有效一日

爱情再美
也不能去看爱情的背面

033 安

嗨

都睡了

小花睡了

小草睡了

树儿睡了

山儿睡了

海儿睡了

清静的世界来了

星星陪着我

月亮伴着我

音乐绕着我

这样

不是很好

034 当我遇到你

当我遇到你
我化作水
蜿蜒地流向你

当我遇到你
我化作风
温柔地轻抚你

当我遇到你
我化作蝶
美丽地飞向你

当我遇到你
我化作尘
以无限低的姿态迎合你

当我遇到你
我化作你
再也与你分不开

035 无火的烟

无火的烟
弥漫周遭
染天染地

无火的烟
袅袅升腾
朦胧了山水

无火的烟
无影无形
却浸润了我们的心

无火的烟
无色无味
却熏香了我们的身

无火的烟
将我们缠绕
笼罩下来

从此
我们在无火的烟中
缓步前行
没有终点

036 天寂寥

长满眼睛的天空
寂寥地看着人间

眼与心的路有多远
天明了

心与心的路有多远
地知晓

天的眼
流下伤心的泪
伤心的泪化作雪
化作雪的泪变成坚冰

037 情深似海

心
起了痧
落下点点红迹
再也无法消去

光
照进心里
把所有深情
驱赶，放逐

水
注入心房
变成心海
平静地无限延伸……

亮
一点一点
带给心海旭日
将心海映衬成绿色的浪
去追逐明天……

路
已在脚下延伸
我愿自己的心海无限延伸
与你的心海连成一片海

我把记忆
打乱
变成拼图
放入心田
于是我的眼
总看到一片一片的记忆碎片
用碎了的心看这个世界
也许才能看得完整

我目送你渐行渐远
消失在我心底

这样也许最好
这样也许不好

留下我一个人的深情
这情深似海
将我淹没……

038 那么好吧

那么好吧
让我把一切想象交给雪花
让她们和着雪花飘落下来
被碾碎
粉身碎骨沉入土里

当风雪再来侵袭
我也许会告诉你
告诉你不曾给我的幸福的样子

让时间
让距离
把思念，把记忆慢慢拉长
最后变得稀薄、断裂

039 无人的归途

雪花跳着孤单的芭蕾
等她的舞伴
他却迟迟不出现
只有风
为雪花伴奏

累了的雪花
从舞台坠落
落入土里
把雪白的裙子留下来
铺满大地……

然后
断裂的思念、记忆
弥漫在没有雪花的舞台中
风一吹
就消失不见……

040 新西兰印象（一）

一路穿越各样云朵
一路飞越千山万水
一路跨越各色土壤

我
终于来到你身边

你不经兑色的蓝色天空
你散发着点点宝石光芒的湖兰色碧水
你层层浸染的森林
你远山脊背上的片片白雪
你盛开在广袤草原的团团羊羔
你带着丝丝青草甜味的空气
你踩上去软绵绵的草地
你跟人亲近的盘旋着的海鸥
你在湖水里嬉戏的俊俏小鸭子
你灿烂如钻石的满天星斗
你和蔼可亲的有着蓝色眼睛的白衣天使
你噼啪作响热浪袭人的壁炉……

如今
我躺在你的怀抱里
如此安然
如此喜乐

随着轻飘飘的音乐
我已飞升起来
所有的一切
融化
融化在天
融化在地
融化在空气中……

你现在眼帘低垂
给我看你美丽的剪影
你一定累了吧
让我们一起步入梦的故乡……

041 新西兰印象（二）

在透明的空气里
我仰望见最清晰的云朵
我瞭望到最圣洁的雪山……

在透明的空气里
我呼出去曾经积淀之浊气
我吸进来宇宙之精华……

在透明的空气里
时间仿佛被凝固
一点一点
修复七窍之心

在慢得拧出来水的生活里
我慢慢地舒展开来
把自己的频率调到与自然同一
就可以自由翱翔……

我只盛开在路上
我只盛开在路上的歌声里……

你的身影
出现在蓝天上
出现在远山里
出现在弯曲路上
出现在缠绵歌声里
出现在车窗玻璃上……

我挥挥手
轻轻抹去你的身影……

我想
无牵无挂
在透明空气里
一路前行……

而心
却
只飞奔向你……
你是谁
你是我
我是你……

042 新西兰印象（三）

漫天白云鼓起脸颊向我微笑
起伏山峦向我敞开他青黛的胸怀
片片湖水向我展示她湖蓝色褶皱裙摆

一棵一棵各异的树啊
静静地守候着我来
静静地注视着我去……
他不挽留我
因为我已把心留给他

一朵一朵各色的花啊
默默穿上梦幻颜色的衣裳
贤淑地伫立在原地
笼罩在朦胧的光晕下
送我一抹不言柔情……

还有
水里的，乘风破浪，热辣地撕开美丽裙摆
路上的，风驰电掣，空气也随之舞蹈起来

阵阵轰鸣
搅动心内激情……

此刻
我可以匍匐在跌宕山路上
此刻
我可以飞翔在湛蓝天空里……

心中之剑
直抵你

043 血纱

披上白色的纱
朦胧地看世界
再不与这个世界真切地交流

穿上白色的纱
把圣洁裹身
将岁月付与他

白色的裙摆
是她盛开的屏
缓步
步入他的世界
开始又一次重生

花朵
零落在起伏的纱上
花朵笑着
永远定格在这一天

044 思念（二）

琴曲悠扬
如泣如诉

琴的语言从指尖说出
告诉我她的故事

她弄丢了自己
却要寻觅她的爱人

鸽子从不厌倦地在天空中盘旋八字
一如她从不停歇的思念

浸润了全身心的思念
如迷路的小鹿
在周身
在周心
不停地左突右冲
在斟茶的指尖
在读书的眼里
在行走的足间
在卧床的梦中
无有穷尽……

她想擒住思念
可是
捉住一个
成千上万的思念却从心田里升腾出来
如蒲公英
轻轻一吹
分裂出无数小小思念
洋洋洒洒升腾、飘落
落在思考的沙发上
落在行墨的书桌前
落在移步的地板间
落在映人的镜子内
落在休养的卧床上

她没有收纳的宝瓶
任琴声悠扬
任思念流淌
等待他……
无有尽期……

045 祭

把心放到水里浸泡
让情追随水而去
失了魂的情
把水染成蓝色
带有记忆的蓝色的水
缓缓流向天际
将天空染成蓝色

从此
我永远在蓝天之下

当我低头时
蓝天看着我
当我抬头时
我和蓝天相视而笑

白色云朵是我们未曾做过的事
是那么的美

然后
洗过了的心
变成一缕香火……

046 最后的烟火

最后的烟火
热烈
耀眼
娇艳
寂寞
绝情

047 情

浮在青草之上
脚步飘忽
掠过各色花朵
蝴蝶围绕在身边震颤飞舞
我追随阳光而去

最熟悉的陌生人
留下一双眼
看着我
最陌生的爱人
留下一张网
罩住我

一道光
照亮你我的脸
放大你我的感觉
唤起你我的声音

你我骑行在巨鸟之上
巨鸟振动色彩斑斓的双翅
忽上忽下
如波浪般带着我们飞行在天地之间
留下最美影像
影像太美

我们
决意让这份情
与宇宙同寿

048 天使

曾经

自由自在

飞在奇异空间的天使

用游泳的姿势

在无水的境地

旋转

翻飞

有一刻

他闯进我心门

来了结他与我未完的前缘

来了结他未尽的使命

受尽风火雷电

历尽黑暗闭塞

他意念坚定

他

选择在新年

变成这个空间的一个人

一个小小的人

隐去翅膀

在襁褓中

望着他中意的人

一切

重头来过

在随后的日日夜夜

变成人的天使

行走在人间

完成

今生他的初衷

我的天使

在我手中

像花一样

一点一点开放

像竹一样

一节一节拔高

像画一样

一点一点成全

我静静地

看着他

只看着他

无言

微笑

049 一个梦

一个梦
跌落现实
碎得七零八落
点点梦的碎片
如锋利的刀片
常常
不期地把现实割裂出一个一个缺口

透过缺口
看见
曾经的梦境

把梦收集
装进手帕
深埋
深到连接地心
让最热烈的岩浆消融它，消融它……

050 春天的雪

春天的雪
不从天上来

春天的雪
从树上来

在耀眼的阳光下
在暖暖的空气中

条条白丝
载着树的孩子
飞呀飞……
去寻找爱他的大地母亲

他
乘着春风漫天飞舞
落在你我的身
要我们带他去寻爱……

他
披着闪亮的太阳光辉
迷住你我的眼
要我们带他去寻爱……

他
在有情天地
翻滚、游戏、飘荡、蜷缩、舒展……

当他落在柔软的土壤里
破壳而出
爆发他最真的爱
从此
长成另一棵树……

一年一年
他阅尽人来人往
无尽成长……

051 致音乐

你轻轻来见我……
你如水
洗净我身
冲刷我路
滋养我心

你如阳光
温暖我身
照亮我路
点醒我心

你如月亮
福荫我身
点缀我路
守候我心

你如最清新的空气
环绕我身每一处
充盈我路每一地
莹润我心每一点

后来
我变成了水
与你汇合
滋养万物

后来
我变成阳光
与你会合
点醒万物

后来
我变成月亮
与你会合
守候万物

后来
我变成空气
与你会合
莹润万物

此刻
每当旋律响起
我臣服于你
粉碎所有世俗
把最纯最真的自己献给你
仰视你
倾听你
与你翩翩共舞……

时而，如白兔，安宁洁净
时而，如青蛇，柔软妩媚
时而，如猎豹，激情奔跑
绵延不休……

你
在我一吸一呼间，生出朦朦粉色莲花，芳香缥
缈……

你
在我手掌中，升起袅袅陈香烟波，隐隐缭绕……

你
浸入我每一个细胞
让我身结出无数雪的花样结晶，美丽异常……

你
战栗我每一个细胞
让我情不自禁接近你，接近你……
唯有与你在一起，才是存在

渐渐

我融于你
你溶入我

从此

分不出你
分不出我
直到宇宙尽头……

052 太阳神

我用花朵做云梯
做抵达太阳的云梯

我
缓步
拾级而上……
越过河流
越过人顶
越过山峦……
一切变小
一切变无

直到
看到太阳
万物萌发之神！

我用雨水为太阳拂面
我把太阳散落的丝丝光芒编织成两条麻花辫儿
我拿来白色云朵为太阳做最圣洁衣裙

50 亿年恒久照耀
你就是永恒
你创造蓝色星球所有生灵
你就是神

其实你最火热
谁人知道你炙热的情谊
其实你最孤独
独自在黑色宇宙等待
热情从未退却

我的神
我在这里
无限接近你……
你暖暖轻抚我
从我的眼射进我的心……
我的神

053 随缘

看时光如电
岁月如滔天巨浪
把尘世的泥沙狠狠地抛在岸边

粗的沙砾，细的轻沙
黑色的弃物，白色的珍珠
最终都会显现

已懒得去雕琢
已懒得去分辨
已懒得去心痛与心喜……
一切都是本来的样子

言语化作泪滴
泪滴划过空寂的夜空
落在寂静的心
一切都是原来的样子

你看
你看到了吗
我用泪滴浇灌的花朵
开放得鲜艳夺目

最美的姿态
是无言

054 往事

枕着歌声
往事被车轮碾压
喷薄升腾起来
在路上掀起大朵大朵的浪花
绽放给我看

曾经的感觉
游荡在周身每一个所在
扼住我的呼吸
让我全心全意感受

横亘的阳光
照进逝去的情谊
我看到温暖画面
有你有我

往日已经种在我心里
满满地涌在我的眼里
所以
我的眼看到哪里
哪里就有往日的情境

我望向蓝天，看到你无边胸怀
我望向白云，看到你干净温柔
我望向大海，看到你寂静眼神
我望向森林，看到你有力臂膀……

有一天
当往事零落成泥
在泥土的上方会生出一株小草
静静地等候你来给她阳光雨露
让她萋葵成锦……

055 成为你

把记忆用筛
滤掉难堪
只留下美丽
簌簌落下的美丽
堆积成最震撼的奇景

让我占据你的心
成为你的女王

让我抚慰你的心
成为你的仙女

让我倾听你的心
成为你的知己

让我在每一天
把全新的自己献给你

让我成为你
随你到你去的任何地方

056 端午之夜

繁星满天盛开
为什么我的眼却看不清

我闭上眼
心的灯打开

歌声入耳来
镶嵌着岁月痕迹的歌啊
一波一波涌来
思绪也澎湃起来

牵着你的手
走进同一个梦乡

你一跃
纵身汨罗江
在水里那一刻
无人知晓你的感念
跨越两千年
问你
你用星星组成的文字来回答我
我
却看不清

057 旅行

在慵懒的阳光里
把车开得
如在水里行舟
飘飘忽忽前行
人流车流为我让路
树儿花儿与我挥别

用舞蹈的姿态开车
在笔直的路上留下写意曲线

把手伸出窗外
风
穿过指缝
沿着手臂吹拂身体而来
凉爽倏忽而至

风
钻进车厢
吹乱丝丝长发
光亮的发丝跳跃着
甩掉逝去的温柔

咚咚鼓点
和着咚咚心跳

我
慢慢飞升
融化成一朵白云
缭绕在青山之间

你
就是青山

058 无题（一）

徜徉在自己的世界里

不理世事
不理世人

镶嵌着音符的世界
我留恋

等待时间
接近事件

燕子飞过
落叶飘落
我走在你走过的路
你走过我走过的路

为何
不在同一时间里
遇见

059 向阳花开

我
望向你的眼
试图采集宇宙真相

我
只祈祷你赐予我智慧
让我在这一世活得了然

自我救赎的路
赤脚走来

此刻
仰卧在黑夜里
你把智慧悄然送来

我
听到我心花开放的声音

我
看到我由一株小草变成一株向日葵
向着太阳旋转饱满的身姿

抖落尘埃
节节攀升

了然于心

060 失忆

把记忆定格成一张一张照片
储存在无人知晓的地方
我的照片里有你
你的照片里有我

时间把照片消磨得越来越模糊
于是
越来越不确定是否发生过照片里的故事

风吹过，没留下痕迹
雨下过，没留下潮湿
雪飘过，没留下坚冰
火罩过，没留下光亮
花开过，没留下果实

你来过
我去过
留下虚无照片
…………

留下一种颜色
一种眼神常常无意寻觅的颜色
留下一串数字
心中无数次偶遇的数字
…………

好怕
当记忆退去
那些轰轰烈烈追逐的剧情
心再也看不到

那么
让我现在留下伤感的泪
来感伤将来无知的我
挥一挥手
招不来过去
告别不了曾经

061 心火

心火一点一点燃烧起来
想你
想你
想你
心的火焰把眼睛呛出了泪
大颗大颗的泪亦无法熄灭心火

心的火，火光冲天
爱的感觉写满天空
遥不可及却看得到

心火嘶嘶地烧得心痛
你在哪里
你在哪里
你在哪里
来解答我所有疑问

062 默

每一个人
都有自己的小宇宙
在白天奔波
在夜晚孤独

自己发光给自己看
用自以为的眼睛看世界
在时间的流里
匍匐前进

最后
献身于时间

063 燃烧（一）

用烈焰燃烧黑夜
撕开黑夜一角
露出黑夜的底色——火红

在一片火红中
再次见到你

你我赤足奔跑在月光下的路
留下无声无形足迹

星星为我们跳舞
萤火虫为我们指引

让我们撞向未来
不回头

064 一个人的自由

终于
可以
一个人
伫立在蓝天里

终于
可以
一个人
卷缩在黑夜里

终于
可以
无须安排

终于
可以
无须回答

让一切神魄回归自己
无爱无恨地待一切
无喜无悲地看一切

游荡在每一个时间里的点
飘忽在每一个地方里的时

荷花怒放
不为示人
只是怒放的时刻到了

绿树成荫
不为遮阳
只是为了更多地接近阳光

大海广袤
不为壮观
只是蓝色星球本然

一切本无意义
都是自然的律动

你来
你走
就像月圆月缺

我哭
我笑
就像天阴天晴

把自己安置成自然的一分子
臣服于自然
就会接近智慧

与过去吻别
与未来拥抱

在此时此刻里
自己绽放给自己看

065 朋友

当潮汐退去
留下友情

当你老了
我依然在你身边
握紧你的手
笑着回忆过去
眯起眼睛
放一首老歌
不说话
看向远方
心却留在过去

当你老了
我把过往印成文字
送给你

当你老了
我就是你的唯一

066 素

释放所有血红肉食
吐出所有刺激食物
清理五脏六腑
摆脱欲望的控制

余下坚定的心
余下干净的身

黑夜到天明的距离有多远
被辗转的床知道

黑夜到天明的距离有多远
被踱步的地知道

黑夜到天明的距离有多远
被燃烧的蜡烛知道

黑夜到天明的距离有多远
被重复播放的歌曲知道

黑夜到天明的距离有多远

天知地知我知
你知道吗

067 你爱自己了吗

让歌声充斥房间每一个角落

在角落里震荡

让磁石般的声音撞击我的心

在心里舞蹈

沏一杯九瓣柠檬水

肃清自己

学会爱自己

让和着音符流动的水

沿着山峦般身体奔流而下

爱每一个当下的我

霸占每一个早晨

任我恣意挥霍

那么

今天

你爱自己了吗

068 意

把思绪留给虚空
把对话留给宇宙
把自语留给自言
把感悟留给薄纸
把情怀留给心间
然后
收集所有
置于圣坛之上
给天看
给地看
最终
弥散于大道

069 滚滚红尘

在床上打个滚
碾压过曾经

在床上伸个懒腰
拥抱未来的未知

唯有现在
我们丢掉

070 等

我
等你
在每个时间的点里

白天
在阳光下
感觉寒冷
你把阳光送予泉

夜晚
在月光下
感觉思念
你把月光照耀潭

我
默然前行
滴落的泪滴
在枕边圈画出黄色地图

我
身穿长长的深蓝睡裙
是要把长长的黑夜穿在身
来感觉你的拥抱

我
赤脚踏在飘忽的音乐里
在每个音符里思念你

我
端坐在你编织给我的梦境里
伸出手
只触摸到一片虚空

我
跌跌撞撞看到一片不同风景
那里没有等待

我
问你
什么是风景

你的泪
和着我的泪
汇成大海

你
告诉我
我们是风景

从此
我和你
脚底生出根
痴缠到天涯

071 配

风
从海边吹来
吹来你咸湿的讯息
我握在手里
用心阅读

我
把我的回信留在眼波
望向蓝天
就可以寄给你

晃晃的阳光下
一切都已遁形
唯有你我在交错

超越时间
超越空间
超越一切

072 道

走过的人生
都在脚里
都是命造

没走的人生
都在手里
都是心造

073 想

一盏灯
一首曲
一个我
一个孤单的灵魂

聚集在黑夜里
不拥挤
刚刚好

温柔的风
吹过
满天星斗
闪过
逝去的情事
滑过

你一遍遍走进
我的青春

用老了的心
温旧了的情
会醉

用最纯粹的情怀
点缀在夕阳西下的天空里

最后
成烟
成雾
了无痕迹
只存在彼此的内核里
飘来飘去

074 逝去

离开你
一年，怀念

离开你
两年，忘记

离开你
三年，悔恨

离开你
四年，追忆

离开你
五年，盼重逢

离开你
六年，梦中见

离开你
七年，再度爱上你

离开你
今生再不见

把你
刻录在我的代码里

只为
来生

075 沉静

把心铺平
无限延展
与海平面相接

把你的眼神
把你的身影
把你的情意
把你温暖的手
把你有力的拥抱
完完全全吸纳到海平面以下
再不掀起一丝涟漪

用埋下了你的心的我的心——去看云
用埋下了你的心的我的心——去看海
用埋下了你的心的我的心——去看山
用埋下了你的心的我的心——行走在余下的路
用埋下了你的心的我的心——在流泪

我们从未分开······

076 宿世情

你
于异度空间
奔我而来

忍受我身体里的烽火雷电
完成为重逢所需的成长

十个月
三百天
你，如期而至

当我们看到彼此
我们哭了，又笑了
我说："别怕，有我。"

从此，开启我们的宿世情

每一个夜晚
我们陪伴彼此
我把最宝贵的琼浆给你
你把最专一的依恋给我

十八年
十八年
六千五百多天
你长成你应该的样子
你离开我

我看着你的背影
哭了，又笑了

当我老了
你来到我床边
我躺在你的怀里

你握着我的手
我们笑了，又哭了
你说："别怕，有我。"

077 灯海

住在 41 层
17 号房间
躺在看起来干净洁白的床单上

窗外一片灯海
各种颜色的灯啊
照亮本应熟睡的大地

它们发射出来的光线
织成一张网
将天与地分开

眼波在灯海之上
灯海在双足之下
垂直地望下去
双手刺痛
与地那样远
如何接通地的气

外即是内
内即是外
在其上
在其下
上下变幻
那么高
通向天堂
通向地狱

078 旧歌

老了的歌
变成了旧歌

每一个人心中都有一首旧歌
旧歌里住着旧的情
旧情里住着旧的人

每当一首旧歌响起
那么多的旧情涌动
那么多的旧人闪现

后来
旧歌成为一代人的情感书签
一代人常常翻阅

最后
当把情事镶嵌在旧歌里的人——告别尽
旧歌
成了
孤魂

079 青金石

一块蓝海上
闪烁着点点黄色星光
间或白色浪花跳跃其间

隐藏地下亿万年
暗无天日
他
无怨无悔等待
只为到我怀里
他
无言无语等待
只为感受我的温度

我把这块海捧在手心
感受他带给我讯息
端详他隐藏的图案
然后
这块海无限放大
将我淹没
我遨游其中
这亿万年的等待
我需用生生世世去偿还

080 毒药

一粒药
我吃了
五脏俱焚
今生再无解药

从此
任何一首情歌响起
你，就跳到歌声里给我看

从此
任何一首你曾送我的歌响起
你和我，昔日那情那景就跃入脑海

所以
每当歌声响起
毒性就会发作

我的感觉
与我有关
与你无关

浓的情，岁月冲不淡
奇特的感觉，不可再现

把一切压缩进亿万年的石头里
以吻封缄

你
就是毒药

风，吹起
霜，冻过
雨，下过
雪，飘落

心
界

127

当升仙的日子来临
吃了毒药的我
化作了烟
重获
自由
解毒

081 各就各位

喜欢
跟随他的车
分别坐在两台车里
看他驰骋的背影
他不疾不徐
因为路程的终点是我

喜欢
被他的车追随
分别坐在两台车里
感受他目光的缠绕
我不慌不忙
因为路程的终点是他

喜欢
在雨里开车
天的使者不停敲打车窗
摇摆的雨刷明白地回应

喜欢
在雨后开车
行驶过坑坑与洼洼
激起高高低低浪花

把窗打开
解放风

把心打开
解放爱

梅兰竹菊
天地日月

各就各位

喜欢
你所喜欢的

082 网

你的手
抚摸过我抚摸的树
你的眼
看过我看过的风景
你的脚
走过我走过的路

你的夜
连着我的夜
编织成一张无边网
网住你与我
任凭我逃啊逃
都在网中

风把夜唤醒
云把夜温暖
雨把夜沐浴
你把夜点燃

083 找寻自己

我把自己升到蓝天
在洁白的云朵里穿梭
洗净自己

我把自己降入土地
在炙热的岩浆里蒸发
提炼自己

我把自己融入树
在苍劲的枝丫里
做一片树叶——树的眼
无声地看

我把自己托付给雨滴
从天而降
汇集，汇集
去找寻大海

我把自己凝结成雪花
在凛冽的风里跳舞
然后
落在你睫毛之上
陪你看银色世界

我把自己画在粗纹画布里
附上自己的灵魂
世世代代
目不转睛看着你
直至火来了
火，消灭一切有形
却，消灭不了我之爱

最后
我随我之爱核
逍遥
为所欲为……

084 醒来

膨胀
膨胀到把漂移的大陆缝接起来
重现
重现到他万亿年前的样子——天圆地方

赤足
赤足走在万千生物之间

摘来
摘来蓝天给眼睛以颜色
摘来太阳给血液以热情
摘来洪流给心灵以广袤
摘来黑夜给精神以勃发

阳光照耀着阳光
蓝天连接着蓝天
宇宙镶嵌着宇宙

你曾经是连绵雨露
我曾经是萋萋小草

你曾经是我
我曾经是你

其实
都发生在一瞬之间

085 睫毛

睫毛
涌过音符的栅栏

睫毛
事件的旁观者

睫毛
眼的岸

睫毛
漂浮的森林

睫毛
载着月光
约会你的睫毛

你的睫毛抵着我的睫毛
穿越，交织

从眼望到眼
看到一片黑色的海
海的尽头
薪火跳跃

086 秋

阳光如水光
波光潋滟
在空间激荡回旋
阳光里的你
水光下的你
时隐时现

黄色的落叶
翻滚地飘落
反射着阳光的不舍

红色的叶子
血依旧凝结在叶脉里
顽强地挂在树枝之上
只为再多看一眼秋色

踏在纷纷落叶之上
心中涌过勃起的绿春与怒放的红夏
吱吱呀呀的声音啊
是你最后的挽歌

拾起你

把你捧在手心

用清澈的眼看你

风起

不再留你

看你随风而去

目送你飘摇身姿

看着你飞越从来就不存在的时间

看着你穿越眼睛看不到的空间……

倏忽间

群鸟划过蓝天

追随你而去

从此

你不再是你

从此

你还是你

087 花朵的温度

花想容
绽放她的花瓣
让颜色流淌在她的肌肤

花想容
吐露她的芳蕊
让情意点缀在她的心尖

花想容
低垂她的眼波
让迷幻氤氲在她的周边

花想容
只为
让他扶起她的脸
只为
让他感受她的温度

当花的终点来临

她褪去颜色

她收回心尖

她滚落枝蔓

她失去温度

不要他看见

随风飘散

随水沉浮

随土化泥

随气升腾

当花季再来

她归来……

看着他在又一个花季

088 花朵的力量

一朵花
用最柔弱的瓣
冲破蕾
骄傲地
迎接风霜雨雪

在风里
吹弯了腰身
凌乱了花衣

在霜里
压折了花枝
撕裂了美衣

在雨里
污浊了花蕊
冲淡了颜色

在雪里
冰冷了身枝
冻固了娇颜

…………

一切阻挡不了花的生
一切阻止不了花的殁

一朵花
自顾自地花开花落
不为任何……
自然而然……

089 高

太阳升高
在凛冽的风里
飘摇……
碎了的太阳的影子
屈服在地上
涌动……
金属般的叶子
挂在树上
翻转……

将昨晚的一床被置于其中
太阳的因子活跃它
风的手抚净它

这床被在空气中
抖落一地爱
飘起一阵愁

090 再度告别

繁星退隐到阳光之下
看不见
却闪烁着

阳光消失在繁星的背面
望不到
却照耀着

说好告别
情愫却存在着

眼睛看到的
非真

耳朵听到的
亦假

一颗心
与另一颗心
路途遥远
心波却在看不见听不到的所在
交汇

心灵的事件发生着
无关其他

告别风的花
告别雪的夜

留下
一颗砂点
点在心上……

留下
一汪清泉
注入心海……

每当清风吹来
心海荡漾
砂点起伏

于是
繁星坠落深潭
幻化成荷花朵朵

091 叶雨

秋的大风
像抖动的大丝巾往复回转
把片片悬吊在树枝上岌岌可危的秋叶
撕扯下来

离开了树的叶
大片大片地
飘浮在微凉的空气中
是漂亮的叶雨……
这叶雨
把时间搅拌得黏稠起来
将时间抻拉成条条丝线
在秋日的阳光下
闪烁着金属的光芒

行走在叶雨的时间里
不由得把脚步放慢
缓缓张开双臂
仰起头
让叶的雨把心打湿

湿了的心再看叶雨
一片模糊
原来
眼里也下起了雨……

092 文字（一）

我把文字融化在蓝天
文字变成团团白云
给寂寞的蓝天以玩伴

我把文字煮沸在空气中
文字变成焦糖
让空气中增添一丝甜蜜

我把文字深埋入土
文字变成黑色养分
给土壤以肥沃

我把文字投入大海
文字变成神龙
把海水掀起飞天巨浪

我把文字掷向高山
文字变成苍松
给高山以勃勃生机

我把文字输入琴音里
文字变成无数精灵
让琴音充满情意

我把文字变成水
请你服下
从此我的文字驻扎在你心里

我把文字变成吻
那么你的唇边留下文字
那是——我爱你

我把文字变成我
来到你身边
与你并肩而立

093 两个男人

躺在两个男人之间
一个大男人的过去与自己无关
一个小男人的将来与自己无关

但此时
我们三个人在一起
我仰面而卧
两个男人的脸都面向我
他们紧紧地贴着我的身体
浓重的阳气
在晨光里流淌着
我用心感受这无限的依恋

我把两个男人的手握在一起
覆上我的手
与过去和解
将未来连接

094 小调

黑夜是一张黑色的伞
　我撑起黑色的伞
　　走向光明

月亮是一艘黄色飞船
　我坐着黄色飞船
　　约会太阳

星星是一颗蓝色钻石
　我戴上蓝色钻石
　　坠落人间

095 酒心糖

一颗糖
长方体的巧克力糖
有酒的心
那酒是烈酒
烈酒被白色的砂糖囚禁
在里面冲撞
谁也无力改变对方
烈酒依然芳香
砂糖仍旧颗粒饱满

让粉碎的带有砂糖的巧克力
和着流动的烈酒
在口里滚动
奔涌到爱你的心里

一颗酒心糖
给我
给你

096 黄色

我喜欢黄色
太阳的颜色
向日葵的颜色
火的颜色
水的颜色
花的颜色
灯光的颜色
温柔的颜色
娇俏的颜色
有温度的颜色

我把黄色穿在身
就是用太阳照耀你的眼

我把黄色做手帕
就是用向日葵面向你

我用黄色做戒指
就是用火样的热情许你

我用黄色做大河
就是让你投入我水样身姿

我用黄色做一支玫瑰
就是用美丽愉悦你的心灵

我用黄色做灯
就是暖暖地为你照亮归途

我用黄色做蛋糕
就是温柔地待你

我用黄色做围巾
就是娇俏地给你看

我用黄色做床
就是要给你温度

我喜欢黄色
你知道了吗

097 起飞

踏在黑夜与黎明的交界
回望过去
过去已经淹没在黑夜里

看向黎明
未来蕴藏在阳光里

此刻
扇动双翅
唤醒风
让风与我共飞翔

此刻
蹑手蹑脚走进你的梦乡
留在那里
做你梦的主角

此刻
登上月亮
向太阳问好

098 将

将思绪传导到发丝
然后，落发

将情谊输入到心灵
然后，偷心

将过去留到脑海
然后，回忆

将未来赠予双手
然后，掌握

将我赠予你
然后，离开

099 永浴爱河

把天空拉开
露出太阳的脸
看到最灿烂笑靥

把大地掀开
显现地的心
感受母亲的温度

把白云展开
做最柔软的大床
躺下来
看脚下山川河流

把高山踏平
做最坚实的路
走上去
连接未来

把大海深潜
越过鱼群
约会龙王

100 时间为我停止

离自己足够远
直到
看不到自己
那么
时间就会停止

画着刻度的时间
在琴声中
分崩离析
只余下一个眼神
只留下一份情谊
闪耀在空与虚的所在

把时间抛向无尽宇宙
我站在无尽宇宙接受
然后
回望你的眼神
回应你的情谊
让碰撞的眼神里升腾起烈焰
让无垠的情谊里盛开出结晶

于是
时间为我停止
一切成为永恒

于是
每一次思念来袭
我便回归到停止的时间里
温习你

101 简单

做一片云
只做一团圆圆的云
向太阳微笑

做一朵花
只做一朵素雅的花
把清香停留在花瓣

做一棵树
只做一棵寻常的树
把根深埋

做一滴水
只做一滴无色的水
无声地滋润大地

做一颗星星
只做一颗最小的星星
低下头向蓝色星球问好

把云吞下
让自己飘浮

把花摘来
让自己绽放

把树留下
让自己探究

把水饮下
让自己充盈

把星星取来
让自己明亮

最终
把头发编织起来
让自己与自己缠绕
绕过自己每一处驿站
留下自己美丽人生地图
给自己看
无须懂得

102 重回十二月

闻着雪的气味

我重回十二月

思念如盐

纷纷落在雪里

看不到

却把雪融化

我把思念写进雪花

然后

洋洋洒洒的雪花就一直在飘……

那么

当你看到同样的雪

是否

忆起那些风花雪月的事……

无须语言

无须声音

我只把心的电波发射出去

你可以收到

你也可以漏掉

纵使斗转星移

我心已重回十二月

103 茶

沸腾的水汽缭绕
把氛围熨热
当水注入壶
花与叶便在水里捉迷藏
花与叶玩累了
把水染成她们喜欢的颜色
把属于她们的香润入水里
端起茶杯
服下花与叶的情谊
让这情谊暖胃暖心……

104 来

又是一年
去年的雪
赴今年的约会

恢复生命的去年的雪
堆积在树枝上
铺垫在小路上
滴落在心田里……

欢歌凝结在
精美的几何图形的雪花里

悄悄地
花开了
芽发了
天晴了
风起了
那么
心开了
我心动
你心摆
水自天上来
你从哪里来

跳跃的雪花
飞舞在你我的眼里

我们在不同的地方
看到一样的雪

带有情谊的雪
邀你来
在雪地里翻滚……

带有诗意的雪
邀你来
在雪里看雪……

带有俏皮的雪
邀你来
做可爱的雪人……

雪来了
我来了
你呢

105 烟

把烟点燃

将记忆烧成红色

死去的记忆由红色变成灰

再变成青云飘摇在头顶

吸进来是情

吐出去是伤

涌出来是泪

漫山遍野流淌

口是蜜

口是剑

吞进去山河

呈现出笑靥

将岁月付与梦

梦醒了

归家

106 摇摆

树儿摇摆

花儿摇摆

云儿摇摆

风儿摇摆

谁人不摇摆

我们摇摆地走在人间

左脚举向黄色未来

右脚留放冰冷过去

血液流在多彩现在

我们走在各自的路

蜿蜒的路

笔直的路

通向共同悬崖

急什么呢

慢慢玩儿

107 我

如果只让我做一件事——画画
我可以成为画家

如果只让我做一件事——写作
我可以成为作家

如果只让我做一件事——写字
我可以成为书法家

可落生人间
我依然没有毕业
于是在被切割的人生中间——

我
用晨起的阳光沐浴
我
饮下喜马拉雅山上的雪
我
服下千年仙果
我
脚踩祥云
我
目极宇宙
我
变成一方美丽土地

沉默
不争
不争这一世
争千年

108 我俩

我俩
到云朵的故乡
伸手采摘云朵
品尝

我俩
潜入碧玉的海里
睁开眼
与鱼做伴

我俩
越过清爽的空气
与海鸥比翼飞翔

我俩
奔跑在青黛的山里
俯下身
与兽儿聊天

我俩
听同一首歌
在同一条路上

我俩
从一个我
变成两个我
最后，变成我和他……

109 无题（二）

风裹着爱
将树染绿

风带着情
将天吹蓝

雨和着泪
打湿前路

光摄入心
照耀你我

每一条山路
都可以甩在身后

只有你
任凭风急
任凭雨打
无法甩脱

110 新西兰印象（四）

我潜入地底
去看——萤火虫组成的星空
去听——不见光的水音

我飞去云朵之上
去看——庄严的山
去踏——亿万年的冰
去饮——湖蓝色的泉水
去闻——清冽的气息
去吻——空灵的雪
去感受——消失在时间里的无数寂寞

我闯入蜿蜒山路
撕开夜的幕

我站在水上看水下的草
看草飘荡
看落入水里的碎了的太阳

我站在千年的树下
簌簌的福荫将我包围
双手轻扶在皲裂的树干
把心愿托付给树的精灵

我醒着走进梦境
你梦着走进现实

此刻
星星显现
我
站在人间的洞里
观看……

111 新西兰印象（五）

太阳落入海里
幻化成月和无数璀璨星星
掀起与海滩难舍的阵阵情意

饱含爱的云
滴下泪来
去吻分别已久的沃土

待到那年
我们变成两棵树
根在土里相握
枝在空中缠绕
不言千年

风从指间流过
玉自树中凝结

闭上眼
不去看戏

关上心
不让你走进来

睁开眼
只望向自然

112 梦

陷进床里
滚落进梦中
荒诞的梦是冰山下的果
白日的行是思考的鸭
梦中的常客
我决意送别你
哄你离开我之梦境
然后关上沉重的梦之门
生发出"轰"的一声
从此
梦里两隔

夜里的虫儿叫叫歇歇
天上的星儿闪闪烁烁
我们的情意浅浅深深
桌上的花香远远近近

知了不停地说着
知了知了

113 酒醉

风把酒开启
带来葡萄柔肠百结的讯息

陈年的心意
入口
清冽甘爽
润心
甜蜜幽怨
然后
绵长的火辣气息从鼻中冲出
将沉寂黑暗多时的感念
宣泄
深深地吸气
让自己与酒交融
最后
自己也变成一方酒

醉了自己
醉别人

114 影子

灵魂的重量
在阳光下显现
那是浮在地上的影子

云朵与阳光分分合合
生成或深或浅的影子
我与影子为伴
走过一个圆

你是圆心
我从起点走向终点
围绕着你
看着你
从未走进
却一直心许

115 Dark Space

我端坐在苍穹里
与黑暗为伴
只见无穷星体变幻无歇

声音消失
心念停止
无有时间

只有不同颜色的光
疏忽地一闪
或是瞬间地爆发……

亿万年的光
延伸，凝结，组合，消散……
无始
亦无终

我飘摇在宇宙中
最后变成一束光
继续无尽空与虚

116 守望

望见一群人
不停地前进
我留在原地
只看得见无数背影……

我把受过的伤做成细细的针
我把时间编织成彩色的线
缝补遗失的片片自我

你走
我留

夜唱着守望的歌
你走着不知名的夜的路

岁月冲刷着记忆
星月改变着容颜

可是
最终我们总会在一个点
重逢

重逢无须密语
无须眼神
只是倏忽而至的一个感念……

117 洗澡

在阳光下
洗澡
蒸发浊气
在清冷的空气下
洗澡
带走秽热
在你的歌声里
洗澡
引发思念
在墨绿的丛林里
洗澡
增添生机
在繁花中
洗澡
沾染一抹嫣红
在翡翠色的海里
洗澡
吸脂

让我用本真的样子
站在你面前
看着你
笑

118 与歌恋爱

最甜的蜜藏在花蕊里
最顽强的力量藏在种子里

最真的情藏在玩笑里
最深的思念藏在沉默里
最痛的泪藏在心里
最远的距离藏在等待的眼睛里

我藏在歌里
遥望另一首歌里的你
我们的歌有那么多相同音符
我们常常在相同的音符里约会

红色的灯亮得再久一些吧
这样
歌才不会停……

119 收集

收集欢颜，喜悦自己。
收集苦痛，锻造自己。
收集真情，滋润自己。
收集厌倦，看清自己。
收集雨滴，沐浴自己。
收集阳光，晒伤自己。

收集月光，照亮找寻你的山路。
收集星星，做一串送你的珠链。
收集文字，送给回忆。

一旦文字尽，
我将重拾画笔。
然后，
我画那雨，那阳光，那月光，那星星……
你却躲在画布里，从未显现。

120 你的名字叫作风

风把寒冷带走
把生机留给树丫

风把温暖带走
把凝固留给水

风把阳光带来
把海水染绿

风把信带来
让心海生花

风把长发弄乱
把拥抱留给我

风的前面是爱
风的后面是雨

天空的上面是风
道路的前面是风
人生的过后是疯

风把思念带走
我留在原地

你的名字叫作风
风的名字叫作飘
飘的名字叫作无根

121 爱

爱
似一滴彩色的墨滴入清水之中
这墨先是羞涩地跳舞
渐渐地铺开她的裙
最后与水溶为一体
再也不分不出墨与水
任谁也收复不了谁

爱
似饱含水滴的云
远看洁与静
谁知其中全然是泪

爱
似沉默的高山
虽不言
却是最有力依靠

爱
似匍匐的小草
由你踏
却只是弯下腰

爱
似风

来无影，去无踪
无迹可寻

爱
似花
我们迷恋甜的蜜
蜜尽之后
弃花

爱
似太阳
热浪让我们攀升到顶点
再将我们抛到虚空

爱
似晨露
看不到夜的悄然凝聚
看到的只是晨起一滴露

爱
似画
挂在那里
情事过后
只能回顾
再也回不去画中
我们一遍一遍地看着画
觉得他越来越美

爱
似食物
我们或用食物填满空虚的心
或用多思的心拒绝食物

爱
是即便分开一刻
思念也会发生

爱
是心里流着泪
脸上堆着笑说
祝你幸福

爱
是嘴上说着要你走
心里却长出手来要你留

爱
是临终时最想见的那个人

爱
我们不知爱是什么
却一生深陷其中

122 今夜十二开

打开薄被，躺将进去，拥抱

打开窗帘，让阳光扫射进来，卧倒

打开宝盒，跪下来，祷告

打开感受，合上唇，不叫

打开身体，让水流漫过，升高

打开衣柜，将二十年的衣服穿上身，正好

打开尘埃，观察它的组成，奇妙

打开你心，涌出多彩的血，喧闹

打开水杯，飘入一片叶，冲泡

打开花朵，探隐藏的蕊，娇俏

打开信息，看你的文字，飘摇

打开月亮，看见飞船，仙造

123 一梦

我在梦境里
向着你的梦境奔跑
我们把彼此的梦境贯通
约会在那里

我带着惦念
你带着思念
然后我们交换
那里有花有光有水有山有爱
那里无风无声无泪无雨无恨

当告别的铃声响起
斩断梦的桥
蜷身跌倒在凌晨的黑暗里

是否将一梦影印成重复的梦
我不知道
只是每当深夜来袭
我听到你在修复梦的桥

124 春秋

胸中浪潮漫过亿万年的太阳
留下一勾日影悬吊在天

千年的风
吹起尘封的旧事
构成一幅海市蜃楼景象在眼前

万年的雨
淋湿思绪
将此情固化成水注心

亿年的火与冰
把心点燃，冰冻
淬炼成脂玉

从此
心硬如石
心美似玉
感受你
再不接近你

从此
每一个季节
都是秋

我用微笑包裹眼泪
然后笑给你看

我用跳跃掩盖沉重步履
然后登山给你看

我用音乐装饰悲戚
然后放歌给你听

我用深邃伪装纯真
然后撰文给你读

我用龙飞凤舞宣泄端庄
然后拿起毛笔给你写

我用夸父的阳光照耀你
我用盛唐的月光抚慰你
我拿来多情的宋风
我取来清莲的明雨

团团围绕你
你却从未知晓

于是
我在春日
悲起秋来

125 气味

其实
所有的回忆
藏在各种各样的气味里

童年里的气味
在甜凉的汽水中
在埋入土里香糯的糖纸花窖里
在奔跑起来飞扬的腥腥的泥土里
在崭新课本里厚重的印刷字迹上
在手动蜡拓的手写褐色卷子上
在照耀着糖稀的勃发的暖暖的阳光中
在淋湿青青小草的清新的透明的雨滴里
在妈妈做的那一道同学爱吃的香香的咸菜炒肉里
在手拉手坐滑梯时拥挤的淡淡羞怯里
在争抢足球时散发的少阳气息中

人生中间的那一段
遇见的人
经过的事
亦似妖都藏在气味里

每当撞见那时的气味
彼时的妖就会显形
你的眼看不见
你的耳听不到
你的手擒不住
他就那样在你的脑海里心海里
重播曾经的一切

点燃一首歌
激活一炷香
冲泡一壶茶
唇含一支烟
斟满一杯烈酒

邀你观看飞舞的烟气
变幻奇异
扶摇而上云霄
以吹拂你的心
请你记住此刻的气味
千年后我会用这气味唤醒你

126 无题（三）

阳光聚集在眼
看到亿万年照耀过你的这束光

灯光堆积在书
看到你在书上起舞

乐曲婉转入耳
听到你在心中踱步

心中感觉思念
却不知是思念谁

127 气球

花花的围巾
花花的世界

蓝蓝的天空
蓝蓝的心情

红红的唇彩
红红的草莓

凉凉的春风
凉凉的空屋

月亮的这边
太阳的那边
发生着思念

我坐着气球
心越万山水

约天
约地
约战

我听到天地在欢唱
我听到爱恋的声响

气球的线始终在你手里

128 魂出没

魂出
入梦

魂入
言诗

魂没
成仙

129 鱼儿

鱼儿
咕嘟咕嘟的在水里游

风吹不到她
雨淋不到她
只有爱和寂寞包围着她

光照射进水里
形成光的隧道
你在深深浅浅的隧道里探索
抖动尾
摆动鳍
你在找寻什么

如果你能开口说话
你会告诉我你眼中世界的样子吗

如果我变成鱼儿
是否你早已变成鱼儿在那块珊瑚旁等我

130 夜云

此刻我仰起头
天的夜
夜的云
云的念
聚卷来
簇拥着
你的爱
来看我

我摇摆秋千
伸直双腿
要荡到天
天已在我脚下
脚下已是汪洋爱河

地上有黄河
天上有银河

天上有月光
地上有灯光

地上有家庭
天上有天庭

天上有星流
地上有人流

地上有舰船
天上有飞船

天上有嫦娥
地下有窦娥

地上有雨
天上有云

风过
云雨满天

你过
天地融合

131 会下雨的树

云里的雨
飘下来
聚集在树叶的心里

你轻轻一摇
叶心里的雨滑落下来
扑簌簌
滴滴答答
像一个巨大花洒
淋湿你的发

你扬起头
眼里现出光彩
惊叹到
原来是一株会下雨的树

132 燃烧（二）

用酒把脑袋灌满
让头脑停止思想

生活慢慢地走过我们
春秋冬夏
一次又一次漫过我们的身体
其实我们从未留下脚印

醒着　对你沉默以待
醉着　对你千万无语
梦里　对你浮想联翩

叶儿黄了又绿
花儿萎了再开
风儿驻了又起
雨儿停了再下
雪儿化了又飘

唯有
太阳一直熊熊燃烧

就如同
我对你的爱恋

133 一个男人

有这样一个男人，
他出门主动帮女人拎东西，
拎所有的东西；

有这样一个男人，
他只要有一点好吃的，
也不舍得吃，
要留给女人；

有这样一个男人，
即便女人对他动武，
他还是对女人说——别生气，我改；

有这样一个男人，
永远记得女人的生日，
还记得亲手制作生日礼物；

有这样一个男人，
当女人病发一手按着肚子一手坚持开车时，
他关切地说——"你行不行啊，不行，我
开！"

有这样一个男人，
怕自己洗过澡的水不热了，
用身体抱住热水器，

他说他这样做，
女人洗澡的水就不凉了。

有这样一个男人，
他双手捧起女人的脸，
无邪地认真地看着女人的脸，
心疼地慢慢地一字一字地说——
 "你 看，你 都 瘦 成 什 么 样 子 了……"
女人又感动又心酸又欣慰地，
把男人搂在怀里，
女人的泪啊，
往心里流……
嘴上却说"没事，这样好看。"

但这个男人只提出一个要求——
 "我今天睡你屋，行吗，妈妈？"
 ……

134 悲花

一抹粉色挂枝头
一片彩云落树间

走在彩云间
轻抚枝头
看那争春的花
挤挤挨挨
笑得灿烂
凝神静听花语
只有丝丝似有似无淡香
徘徊耳边

一阵风起
片片花瓣离别
吹痛看花人

沉默在闪烁
微弱在掠过

棚架的风趣——瞧见
向晚的捣衣——和谐
湖畔的衬衫——晶莹
音符的招呼——清凉
笼罩的呵护——流淌
泛滥的辽阔——遗憾
飞翔的姿态——弧线
拥抱的酷爱——遵从
鸡汤的领悟——乏味
短暂的无限——珍惜
沉寂的盘问——访神
脊背的呻吟——僵硬
蔚蓝的梦幻——弥漫
蝙蝠的侦查——声波
筑巢的树丫——摇篮
肥沃的折腾——崩塌
栖息的捕食——繁殖
忧患的经营——制服
情形的道德——号码
拥挤的空隙——泰山
山涧的流水——透射
柔嫩的锦缎——绵延

肺腑的麦浪——黄澄澄
高尚的灵魂——孤零零
愤怒的小脸——红扑扑
远山的呼喊——飘乎乎

灵性经历瞬间
财富权利缤纷

极目远眺
辽阔无垠

芽苞初放
繁花昂扬
此起彼落
绵延无绝

136 观音

风卷着思念
吹向高空
飘啊飘

雨涵着泪
敲打着窗
淅沥沥

阳光带着我的眼光
涌进你的窗
照耀着你
暖洋洋

歌声夹杂着记忆
在空气中升腾
在脑海中播放
传递给你
情绵绵

我手握这风，这雨，这光，这歌
与白玫瑰扎成一束
安放在锦盒里
留下
给自己看

我脚踏祥云
眼波流转在种种盛开的思念
因微笑绽放酒窝
撒播点点清露
让一切美好

137 饮酒乐

把太阳煮在水里
变成 beer

把月亮沉入水里
变成 wine

把星星掷进水里
变成 voight Ga

然后
用眼睛
把你投映杯中
一饮而尽

让你参与
我身体一切循环

让你奔跑
在我周身

让你倾听
我嘤嘤文字

让你同我
一同欢乐
不需醒来

138 剪发

软软的细细的黑色
是我的发

把你拂过的发剪断
轻轻地飘落
与我的身分离
它却永远存在

它簇簇依靠在一起
卷曲地在地面回望我

然后我
头也不回地走进夜里
脚踏在夜的胸膛
再把夜当作外衣裹紧自己
让夜拥抱我

企图忘了你

但是从分离那一刻起
你又继续蓬勃地生长起来
无法阻挡
给你机会
就会再见到你

我的发

139 涵

在阳光里穿行
划过
一丝一丝的光线
听见
激昂舞曲

眼睛里
映出绿色的风

心怀里
绽放粉色的花

耳朵里
飘进来生长的声音

用手指
剪出 V 形蓝天

虫儿在聊天
蝴蝶在空气中游泳
云朵在漫步
月亮在那边值班

你在天边
我在人间
互通有无

心间生出的枝枝蔓蔓
将你们捆绑
最终
融为一体
恣意攀援

140 觉

摇下车两侧的窗
让摇滚的音乐冲射在车的两侧
像两团蒸汽一样
徘徊在车的两翼
像两个翅膀一样
引领车飞驰撞进雨里
摇摆的雨刷抹掉天的泪

心中的灰
随文字蒸发开去
余下
干净的身
纯静的心

笑着
等待花开
笑着
看见太阳逃跑

诀别每一个上一秒
拥抱每一个此刻

此刻
我不鼓励你
我只想说
我懂你
我只想
给你爱

141 慢

慢慢地看书 慢慢地展
慢慢地看花 慢慢地开
慢慢地看芽 慢慢地发
慢慢地看浪 漫漫地涌
慢慢地看墨 漫漫地染

慢慢地看云 慢慢地飘
慢慢地看雨 慢慢地落
慢慢地看风 漫漫地吹
慢慢地看水 漫漫地流
慢慢地看鱼 慢慢地游

慢慢地看枝 蔓蔓地长
慢慢地看香 漫漫地淡
慢慢地看火 慢慢地熄
慢慢地看情 慢慢地涨

慢慢地看我 慢慢地变
慢慢地看你 慢慢地老
慢慢地看他 慢慢地远

慢慢地听你 慢慢的言

慢慢地说你 漫漫的心

慢慢地
慢慢
慢
……

142 荷包蛋

太阳和白云组成荷包蛋是黄黄的溏心蛋

微风吹来
将荷包蛋吹到我碗里

我笑着
用茶盏接一叶露汁做水
摘下一片绿笋装扮

无须开口
只用眼
全然入心
全然入身

从此
我的眼睛充满阳光
深情地望你

从此
我的怀抱充满温暖
热烈地拥你

143 灯流畅想

将你的声音和我的声音
搓成一条红线
将我们做过的事
打磨成一块沉默的石头
用坚硬的心将石穿透
系在红线之上
缠绕在颈间摇荡

灯光组成的火龙
游荡在大街小巷
在黑色的掩护下
发出*丝丝*寂寞光亮

霓虹灯不知疲倦地眨眼
人们不去思考地碾压过身下的每一天

端坐在琉璃里
看灵魂拥挤的城市
每一天
有消散
有新生

不知为什么奔波
但每个人都涌进
这番灯的洪流
有你
有我

此刻
风从心间吹起
那辆摩托车从记忆中驶出
在风驰电掣中
在阵阵轰鸣中
在左突右冲中
在摇摇摆摆中
歌声在飘扬的发丝间高唱
拥抱在急停间发生

端坐在影子里
看你
看我

144 被盗走的记忆

一段三年的记忆
被神秘地盗走

从春到冬的路
从颠簸公交车的车头至车尾
从绿色军用书包到绿色的校服
从白色的试卷到白色的天空
从红色的运动衫到红色的心
从十五岁走到十八岁
从书本走进考场

有一段记忆
完整干净地不知所踪

像丰沛的森林里突然出现的一块荒漠
像拼图中莫名其妙消失的一块
像录影带里不知原因的一处空白
像歌曲中的戛然而止

这是一个谜
我将永远不知道答案

血在身体内缓缓流淌
头脑坚持不懈地做着各种选择
心不停歇地跳动思考

烛光在音乐中抖动
忽长忽短
照不亮时光的隧道

饮下一杯红酒
升起一缕愁

145 走

圆圆的白云是我吹的泡泡
红红的太阳是我的棒棒糖
弯弯的月亮是我的摇椅
闪闪的星星是我的弹珠
美美的花草是我的衣裳

阵阵风是我的玩伴
滴滴雨是我的花洒

黑夜是我的幕
白天是我的灯

大路中间是我的路
大海中间是我的心

我把自己化作彼岸
等你来报到

146 女神

无法描绘你的美
你像天边的云轻得可以随时飘远

无法描绘你的美
你走过的路留下叮咚的泉水声

无法描绘你的美
你娇羞的样子像皎洁的月亮变成粉色

无法描绘你的美
你的声音如同玉指拨动心弦

无法描绘你的美
你的剪影如江水的浪，不疾不徐，自然而然

无法描绘你的美
你的语言如温润的兰花，沁人心脾

无法描绘你的美
你的眼看一下花，花开，看一下冰，冰化

无法描绘你的心
你的心从不受污染，却感化所有迷途羔羊

蜷缩身体
钻进音乐的海洋
只为离你近些，更近些
我的——女神

147 给你们

如果音乐有魂
我们常常在音乐里约会
不必看
音符响起
我们的心便黏腻在一起

如果雪花有魂
我们常常共舞
在旋转的舞步间
你的舞裙越来越长

如果月亮有魂
我们常常凝望
在每一次斗转星移间
诉说人世间的无常

如果天空有魂
我们常常感受你的多变
多到漫天云朵
少到万里无云

如果你有魂
我们一定曾相知千年

如果猫有魂
你是否躲藏在猫身之中
不然
为何当我伤心流泪时
猫猫就会紧紧挨在我的身边
并伸出一只为我擦泪的粉嫩小爪……

148 一半

一半的时候
想一个人
听听歌曲
歌词不听
只把心作船
在旋律的海里荡漾

一半的月亮
悬挂在最多的夜晚
皎洁地半睁眼
看一半的人间

一半的快乐
在一半的夜里

一半的夜
在一半的悲伤里

一半的悲伤
存一半的笑容

一半的笑容
浸一半的泪

一半在土里
一半迎风
看一半的风景
回顾一半的人生
预测看不见的另一半人生

一半的时间
淹殁了一半的时间

歌唱了一半
一半的夜半歌声

149 生

把时间铺平，作床
把歌叠加，作被
上床
覆被
窝在那里
缭绕茶烟冉冉升起
求虚空抱抱

猫猫在花草间
蹑手蹑脚绕行
驻足望望窗外奇怪人类
埋起头来睡无梦的觉
用无言与你交流
她想爱你时，她来
她想独处时，你走

雨把大地撩拨得潮湿
大地柔软下来，接纳
太阳隐去在灰色的云朵之后
依然散播着我们看不到的阳光

风在楼宇间追逐
追逐你我
直至取胜

150 执着

灰尘在光线间漫步
秋意写在每一片悬吊的叶子之上
滚滚叶浪间秋愁已链接成片

被黄色包围
间或有红突围
心也被熏暖起来

暖得爱多起来
暖得软起来
暖得想起你来
暖得笑起来

路不再遥远
我看到未来

喧闹的人生
填补太白的时间

太白的人生
填补喧闹的时间

经历埋葬自己
开出花儿来

花儿随水漂流
流经每一处经历
看看
笑笑
再无半点执与着

151 一起

当孩子的眼睛落幕
母亲才会复活
不舍睡去

月踮起脚尖行走在薄云的后面
时隐时现
闪现皎洁的脸庞

生长最快的是高高的楼
保留最长久的是塑料的花
记忆最难忘的是气息

灯光汇成河
楼宇长成森林
每个人躲在树洞里窥看
在心里计划
在破晓时分
重走旧路

当脚生出根
当手臂拥抱蓝天
自由才刚刚开始

152 无明

当雨落下来
我看到自己的倒影
在雨滴里静观

当阳光倾泄下来
我看到生命的质子
在光线间漂浮

当风起的日子
我看到我们的衣角抖动
互相拍打

当雪飘起来
我看到你用睫毛盛着雪的花
雪动你舞

当疾病来了
你酥软躺下来
细听血液流动
从昼到夜看世事落幕

当岁月来了
你用衰老来迎接
从智慧到无知
终了再变回一粒质子

飘飘荡荡

你知道一切
又一无所知

153 很多年

很多年前
我爱你

很多年前
我失去了你

很多年前
我看到你绽放粉嫩的花瓣

很多年前
我看到你萧瑟风中坠落

很多年前
你是天边一团饱满云朵
很多年后
你是云朵里的一滴雨

很多年前
你是一阵微风
很多年后
你是扬沙的巨浪

很多年前
你是一株向地底伸展的树
很多年后
你是一位青筋凸起的老人

现在的很多年前
我们翩翩飞舞
现在的很多年后
我们缓缓重逢

现在呢
我们感受彼此
却从未相见

154 你啊你（一）

你不来
我依然前行
看梅花含苞待放到飘零纷飞
年年岁岁

你不来
我依然前行
看红日光芒万丈到余晖漫天
昼昼夜夜

你不来
我依然前行
看仙气幻化成雨滴到精巧雪花
时时刻刻

你不来
我沉沦在此起彼伏的乐曲之中
被如水的音符一浪一浪湮没
随波逐流

你不来
我深陷在每一本深奥迂回的书里
想象你是每一个角色
想象你是每一个情节

你不来
我流连在一壶茶
我留恋在一杯酒
我驻足在一幅画
我游弋在一片海

你不来
我很好

你不来
我等你

无穷尽

当梅花映红了云朵
当红日落到我的窗前
当仙气潜入我的梦中

我知道
你来了

155 飞

风顺着心绪
乘着歌声
飘向群山

有使命的风
不知疲倦
绕过城池
掠过身体

这风一路向南
收集沿途花香
裹挟重重想念

直至相遇
风化雨
将花香逆流成河
将想念层叠缠绕

让语言消失吧
留下美好肢体
舞蹈

156 问

我问花
当告别来临
你是否有一丝留恋

我问光
当黑暗入侵
你是否有一点委屈

我问鱼
当鱼钩钩住嘴
你是否后悔这一次觅食

我问风
当雪花来邀舞
你是否满心欢喜

我问云
当飞机飞过
你是否展现了波涛汹涌的云海

我问天
我问地
您孕育了那么多生命
为何从不揭晓答案

我吻天
我吻地
您从不说一句话
所以我用心体会
您每一次风霜雨雪

走一路
摇摆一路
变成花
变成光
变成鱼
变成风
变成云

直到遇见自己

157 今心

把心投进酒里
让心沉醉
不去想

把心沉进海底
让心止息
不去念

把心送上蓝天
让心去张望
我的亲人

把心揉入歌曲里
让心随旋律
辗转

风的脚步啊
你快些走啊
你踏遍千山万水
山就绿了
水就蓝了

云的翅膀啊
你快些煽动啊
你飞过水泥森林
空气就净了
花朵就开了

爱人的心啊
永远在路上

我爬山涉水
永远喜欢
在路上的感觉

158 叶雨 2018

垂地的柳枝
条条笼罩着我
似幕帘
透过这幕帘看世界

早夭的叶
七零八落
前仆后继
铺满小路与大路
似黄色的海洋

人过
踏黄色的浪
车过
激起黄色的浪花

秋是黄色的海洋
涌入每一个街路

秋是黄色的火焰
在每一个人心里燎原

叶落得比雨滴慢
摇摆
犹豫
用新奇的视角看这个曾经的世界

叶醒悟得比雨滴迟
眷恋
翻滚
好久落地为泥

我是叶
你是雨

叶雨
一样的归宿

159 无题（四）

天空褶皱处
是云朵

太阳动情处
是雨滴

思念萌动处
是雪花

生命勃发处
是嫩芽

心池摇曳处
是乐曲

藏在每一个房子里的灯光
默默看着每一个家的故事

藏在药片里的气
遇水就被释放

藏在黄色柚子皮里
红色的心
就是你受伤的心
万千丝丝与条条

你走在四季中
走着走着

四季没变
你却变了

眼睛留不住滔滔江水里的魂
双手留不住温暖和煦的风
双足留不住来时的路

留不住一切

160 约定

我与太阳约定
阳光出现
就涌进你的怀抱

我与白云约定
白云飘至头顶
就腾云去流浪

我与细雪约定
当雪花从天而降
就在雪里旋转

我与江水约定
从江桥下
游泳穿越你

我与音乐约定
当旋律响起
诗意就来袭

我与精灵约定
当丙戌到了
就来见我

我与这一城约定
当花开树绿车驻
只为迎接我的到来

我与未来约定
当幸福来临
未来就到了

我与时间约定
每时每刻的发生
都曾被设计

夜晚，云朵还在吗
白天，星星还在吗
冬天，蝴蝶还在吗
夏天，飞雪还在吗

听过的歌飘在哪里
写过的信留在哪里
滴过的泪浸在哪里
爱过的人走在哪里

当你囚禁在你的身体里
要我如何拯救你
我把心割裂
滴滴血
汇成河
给你游

161 无题（五）

秋天的光落下来
落在树叶上
蹦蹦跳跳个不停
是光与风的游戏

一大团绿色在滚动
像波浪起伏的海洋
是风与叶的游戏

一帘透明的白纱将这景物拒绝
拒绝得不彻底
景物隐隐约约地
从纱中挤进室内

放下笔
放下书
放下疑问
放下回忆
放下期待

放下便是

如此躺下
看微尘在阳光下飘飞
看阳光亦步亦趋告别

看石榴的心
无数心思簇拥纠结
碾碎它
迸裂的却是甜蜜

梦的门在哪里
我迷了路

162 是否（一）

头发梳一千遍
青丝是否会长三千尺
然后你就会出现

止痛药吃两片
疼痛的感觉是否会被欺骗
然后就会毫无感知

花朵被浇灌
是否会开得娇艳
然后就会有蜜蜂飞来

信息被发出
是否会收到
然后就会懂得

闪电闪现
是否雷声就会到来

信鸽飞来
是否情书就会送到

北风劲吹
是否雪花就会飘飞

往事不提及
是否就是不曾想起

是否捂上耳朵
就会听不到

是否没有流泪
就不是伤心

是否没有表演
就不是爱

是否没有是否

163 不能没有音乐

这个世界
可以没有科学
可以没有科技
可以没有文学
可以没有绘画
可以没有文字……

单单
不能没有音乐
这音乐是带密码的病毒
可以解开你心的密码
然后在你心里生出根来……
给你放逐，力量，共鸣，成长……

当音乐再次响起
牵动你回到从前……
永远不会忘记

音乐是无水的汪洋
所以你会沉醉其中
闭上眼睛
手舞足蹈
游弋……

音乐是属于你的独一无二的书
里面藏着你的山水，情愁，雪夜……
无法分享

这音乐就是妖魔
摄了所有人的魂
没有音乐的世界
就是丢了魂的世界……

164 房子

当一个房子
住进人
房子就活起来
就成了家
所有欢声笑语
长在房子的每一个角落
层层叠叠
盘成坚硬的山

当一个家
再没有人
家又变成了房子
当你走进这个房子
沙发在，餐桌在，床在……
什么都在
只是
人不在
人永远不会在这里了
空气中弥漫着的冷漠的空气
稀薄地与你保持着距离
似真似幻

你会恨意难耐
恨天无情夺走一切
你会肝肠寸断
角落里的欢声笑语看得见却触摸不到

你想留下来
感受曾经的气息
却有种力量要扼住你
千万斤力量压住你
你无力承受

你想逃离
离开之后
你的心早已中了一枪
一直在痛
直到
你已经习惯与痛相处
甚至
你以为你感觉不到了痛
但是
是真的不痛了吗？

165 你懂吗

何必羡慕鸟会飞
我们有不知疲倦的车轮
送你想去的地方

何必羡慕鸟会飞
我们有金属的机翼
送你想去的山河

何必羡慕鸟会飞
我们有无边的思绪
送你想去的人的身边

何必哀伤
冰封之后是融化
雨过之后是天晴
零落入泥之后是新生

一切是圆
一切是缘

吸饱了水的花啊
吐露芬芳

吸纳了能量的冰啊
缓缓化成水

吸收了无尽想念的我啊
慢慢变成另一个人
变成一个爱风爱月爱星星的人
变成一个悲雨悲秋悲世事的人

歌吹动着空气
变成风
在暗的夜
荡入你的梦
而你从不知原因

在最快乐的时候流泪
在最悲戚的时候微笑
泪滴得下来
心是柔软
已没有泪
心已变成顽石
你
懂吗

166 你看你听

你看
坚固的楼宇已变成柔软的海市蜃楼
你看
坚冰的河床已变成滔滔的河水
你看
枯瘦的枝丫已铺满翠绿
你看
迁徙的白鹭已归返爱巢
那么
你听
旋律已经响起
等你来唱歌
你听
好消息已经在路上
等你来接收

风儿啊
作树的舞伴
春夏秋冬翩翩起舞

大地的心啊
收缩之间世界生生不息

绿色是地球血液的颜色
天空是海的倒影

迎着朝阳的路上
音乐伴着我
绿色海洋伴着我
美好未来等我来剪彩

167 任性

地上的影子淡了浓了
是因为天上云朵飞来飞去

漂亮雪花三瓣五瓣
是因为宇宙的风急急缓缓

河流潺潺流动或坚冰
是因为那变换冷暖的空气

树上的叶子绿了落了
枝头花朵开了谢了
是因为我们的距离远远近近

太阳升起或隐藏
是因为我心日日随你而去

当我怕冷
我便放下齐腰长发
温暖自己

当我想你
我便走进音乐
找寻我们的故事

指上的指甲油红了亮了
嘴唇干了润了
高跟鞋高了低了
猫猫胖了瘦了
一切不知为什么

我们卷入人世间的洪流
无对也无错
不如一起
任性过一生

168 时间——你这个杀手

空间里
可以上天入地

季节里
可以春夏周而复始

脑海里
可以穿越未来与过去

路程里
可以奔赴与折返

花朵青草
可以谢了再开

银河里
可以日日夜夜星辰闪烁

可是

为什么
你老了的容颜再也无法青春

为什么
你弯了的背再也无法直起

为什么
你白了的胡须再也无法青黑

为什么
回不去所有温馨的时间里

为什么
回不去你咿呀学语乖巧的时间里

为什么
回不去那一次接听老爹电话的时间里

时间——你这个杀手
残忍绝情
用无形刀剑斩断每一个此时此刻
原来每分每秒都在决裂
我们走在时间里
带着被时间刺伤的累累瘢痕
向前向前
时间斩断一切后路
决然不给你一粒后悔丸
只要你今生来世去偿还

风吹着时间跑
雨催着时间流
绽放的花朵赞美时间
黄了的树叶挥别时间
黑夜隐藏时间
白昼掩护时间

时间潜伏在我们的血液里
悄悄斩断我们每一个细胞
不知不觉间
让我们滑向宿命

最终
留下一声叹息
或者
一声叹息亦没有

169 不如

黑天是累了的白天
每一个窗口的灯是呼救
光线四射的路灯下
走着一个一个
踌躇的灵魂

无影的灵魂
化最美的妆
着最美的衣
穿最飒的裤
登最细最高的鞋

地上的脚印
被白的雪
一层一层覆盖
找寻不到来路

旋律是海的浪
一涌一涌
将心推向嫦娥的月

焕然一新的心
再看世界
充满爱意

说不出口的话
三年化做一口血

用欢笑埋葬一切
喜剧就是悲剧
不如游戏人间

170 四十五

接受一件事
可以用三年

接受一个人
可以用二十年

接受一生
可以用百年

阳光在百余米的树尖上跳跃
飒飒地撩拨心弦

拒绝了阳光的
留下一片阴影

时间是一个怪兽
一点一点吞进去的过往
在怪兽腹中孕育
孕育未来
再一一呈现

我们用不同的泳姿
不同的工具
在这洪流中渡一生
原来风景不重要
重要的是我们是否抵达了彼岸

最不可靠的是对错
最可靠的是适合

你看那荷花偏偏要在淤泥中
你看那仙人掌偏偏要在沙土中
你看那鱼偏偏要在水中游
你看那鸟偏偏爱在天上飞

作一棵千年不死的树

千年繁华兴衰
看或不看
听或不听
从来不说

171 缘

夜
如毯卷落下来
轻抚过
每一座山峰
每一处楼宇
每一个行色匆匆的人
而后缓缓落在大地之上
覆盖住所有白昼的脚印

根系的生长
我们看不见

内心的地图
我们不了解

哪里来的空气
哪里来的雪花
哪里来的风
哪里来的你
我们从不知晓

我们只安享这一切
走过每一个时间里的故事
做无尽的梦

直至
有一天
会无缘由悲从中来
悲生命的卑微

直至
有一天
会无故喜悦降临
喜生命的难得

路灯跳跃
点亮窗的冰花
看不清未来
只觉得当下很美

当黎明收回夜的毯
当甜蜜的空气流通
当白白的雪花飘飞
当凛冽的风吹痛脸颊
当遇到久违的你

只有眼神
能表达完全的心

172 海 2018

站在海的面前
熟悉的鲜腥气味扑进五脏六腑
从白天到夜
不愿离去
夜里的海更暖

海不厌其烦
一遍又一遍
掀起绿色夹杂着沙粒的浪
诉不尽的千言万语
化作白花花的泡沫
似流淌的奶油舔舐双足
只一会儿
便跑到沙粒之间不见了

听海的声音
像巨人的呼吸
永不停息
所以永远安心

向着大海说出你的誓言
誓言写在沙滩上
一遍一遍被海水抹去

向着我说出你的誓言
誓言写在心里
想一遍
就在心里雕刻一遍
最后已成空心

风变成山
山变成水
水变成云
云变成海
海变成你
你变成我

我们本是一体

心
自高空
悠悠坠落海底
激起完美水花
瞬间被大海吸入

爱
追随而来
化作细雨
扑向大海的怀里
深埋
融化
与心汇合

经过大海洗礼的心和爱
幻化成璀璨的蓝宝石
默默地闪现他的光芒
我只在光芒里
看到你的眼
通往眼的心
通往心的爱
分不清是你还是我

再没有分别心
用无量心看你
你不是你
我不是我

173 是否（二）

是否
有一只手
雕刻每一朵雪的花

是否
天也有面纱
在伤心的时候遮住脸

是否
地心就是母亲的心
永远似熊熊烈火燃烧

是否
每一滴雨滴
都在奔向母亲的怀抱

是否
缘分就像气泡
从无到有至无
从来没有理由

是否
丢失的鸟儿
早已变成天堂鸟

是否
有一天
世界已不再需要语言
只有音乐

是否
树叶的绿色
被你吸走
以此滋养你

是否
我们流出的眼泪
是一样的味道

是否
闭上眼睛
世界就不存在

174 你啊你（二）

风儿站在树梢上看月
月光把黑夜挤到一边
把你映成月下美人
让你情不自禁脚踏节拍与虚空舞蹈

雨顽强地拍打窗棂
想入室与你诉衷肠
你不许
他就在窗上挂满泪痕给你看

江水一寸一寸将桥柱吞没
熨不平的江面愈展愈宽
里面的鱼儿悄无声息繁衍

时间在团团锦簇的花草间流连
微笑在山山水水的照片里留恋
团团白云来了再化
变换样子要你爱

如果北极融化
是否是你欲望之火所致

如果水果再不甜
是否是你心性所致

各种车载着各自的故事
在同一条路上奔驰
从没有终点

如果清晨属于我
我便拥有力量

如果白天属于我
我便拥有自在

如果黑夜属于我
我便拥有世界

如果音乐属于我
我便拥有灵性

如果我属于我
我便拥有一切

从此
不疾不徐
在每一个时间里
爱你

175 秋（2018）

秋意浓
浓得有吸附力
吸附一切有情的灵魂

秋天的叶
黄了萎了
摇摇欲坠
颤抖地落向大地
随风辗转
不知所踪

秋天的风
似巨人的手
将所有人的衣襟撩起
将所有人的发丝弄乱

秋天的天
那么高
天与地之间才可容纳那么多的有情人

如果你有爱
每一个季节都美

如果你有情
每一朵花都有意

如果你有爱
每一幅画都是妙

如果你有情
每一天都会温暖

如果你有爱
每一个孩子都是天使

如果你有情
每一支歌曲都会拨动心弦

如果你有爱
我会爱你

176 爹爹

趴在生病的爹爹身边
想象爹爹只是如常休息

与爹爹开玩笑
假装爹爹会像从前一样回嘴

跟爹爹并排走路
以为从前的爹爹走过来了

问爹爹喝酒吗
爹爹摇头
我偷偷给爹爹倒一杯
他喝得欢
我却心里潮湿

带爹爹去江边
在去与不去之间
都是伤感

给爹爹洗漱
你说爹爹有福
我说爹爹才不要这福
爹爹要自己行

爹爹不说话
我忘了什么是开心

爹爹还爱我吗
爹爹不说
只是每每有一口好吃的都会示意要我吃

爹爹还爱我吗
爹爹不说
只是常常比划着让娘给我打电话

爹爹还爱我吗
爹爹不说
只是常常一双眼睛怔怔地望着我

爹爹还爱我吗
爹爹不说
我只记得爹爹最后一次跟我说的是
他做了水果羹要我去吃

177 有什么

火焰里有什么
火焰里有精灵在跳舞

眼眸里有什么
眼眸里有火焰在摇摆

肌肤里有什么
肌肤里有眼眸在游走

歌声里有什么
歌声里有肌肤在震动

嘴唇里有什么
嘴唇里有歌声在飘出

空气里有什么
空气里有生命在飞翔

你有什么
你有爱意在生长

我有什么
我有你

178 雪夜

雪的夜
是不同的夜

无果
有花
是宇宙之手雕刻的雪的花

无风
有声
是雪花漫步的声音

无光
有亮
是广阔雪地显露的冰晶光亮

无我
有你
是遇到那年驶过同样车印的你

无你
有我
是在雪地里翻滚聆听天之心事的我

天用雪
积攒一夜的深情
当太阳踱步而来
静静地
净净地
敬敬地
敞开心怀给你看……

179 晨起

用歌声撕破夜的幕

浇灌杉

滋润心

横横竖竖耕耘家

起起伏伏思考他

环起手掌

唤醒太阳

自己拥抱自己暖

自己跳舞自己看

自己对话自己省

思绪和着颜料

画着无人知晓的秘密

一滴水滴落

一片海翻涌

留下

来过的痕迹

身体老去

永葆青春的灵魂

冲破身体振翅高飞

永不停歇

180 你可以

你可以不懂风，
你可以不懂默。

你可以不懂鸟语，
你可以不懂留白。

你可以不懂六月飞雪，
你可以不懂腊月炎热。

你可以不懂污泥里的荷花，
你可以不懂牺牲自我的善。

你可以不懂作茧自缚后的思索，
你可以不懂萦绕一生的一首歌。

其实，
你可以……
你可以指鹿为马，
你可以把云画成蓝色，
你可以在我流泪时欢笑，
你可以用文字构建海市蜃楼。

可是，
你转身之际，
你的眼睛背叛了你。

可是，
当千帆过尽，
你来到那池塘，
满塘莲开……

181 文字（二）

文字是我的画笔，
我用文字，
用最朴素的文字，
描绘最真的情，
将深刻的感悟镶嵌其中，
营造美好意境，
请君入境，
如果你有颗真的心，
你就会爱上这样的文字。

文字是我的肢体，
我用文字舞蹈，
亦动亦静间，
挥手将文字一颗一颗撒落，
就如同舞步腾挪，
利落留头转身。

文字是我的歌声，
我用文字作歌，
轻启红唇，
呼出芳香文字，
变成绕梁歌声。

文字就是我的双翼，
从肩胛生出，
目空一切，
带着我飞翔在世界。

我看，
我听，
我想，

一切刚刚好。

182 古文美

古字是画
画中嵌入智慧
一笔一画间一遍遍引领

古字并立
是古文
简洁有力似刀
刀刀刻划入骨
意境深远似香
袅袅在心里缭绕
稠得无法稀释
淡得无法捉住

千年的月
照亮千年的字
感受千年的情
千年后的我遇到千年前的我
散尽纷飞的欲念
余下最纯真的对话

明日
迎接千年前照耀过你的太阳
扑簌簌的阳光
就是你温润的手
太阳边那一抹白云
就是你为我所画
隐匿下的星星
就是你注视我的目光

我们的别离就是相聚的开始

183 夏夜

夏的夜
拉开窗的帘
将月光请进屋

于是，室内种种影子交织
寂静地望着熟睡的人

草丛中耐不住热浪的蝈蝈
哥哥，哥哥的叫声
也挤到床边

山一般的身体在窗前留下剪影

树不动
衣不飘
星星不眨眼
心汪在黏腻的空气里

想或者不想

184 烛光

摇曳的烛光
撩拨心里的情事
在亮处抖动
留下一条条长长短短不定的影

摇曳的烛光
努力地舔舐着空气
一寸寸驱赶着黑暗
你说的千言万语
深不见底

旧歌带着旧的人
乘着风而来
飘入一口口酒里
再随酒入心
然后你在我心跳舞
一步一步踏痛我的心
一进一退间将往事燃起

花在夜开
草在夜长

你在那边
我在这边
月的眼看到
这条情愫绵延无绝期

185 无题（六）

云在飞
风在飘
山在移
烟在住

花儿低头不语微笑
树儿伫立等待依靠

从球的这边
走进球的心
然后
看到球的那边

拉起你的手
把脚缠绕
躲进温暖黑色的海
游啊游
让黑发在黑的海漂浮

你把眼中的月
印到我眼里

我们不言
海里的心却波涛相连

星星停止眨眼
海浪停止波动
烟花停止炫落

一吻停在一刻
一情停留一世

186 让

让文字轻快，有节奏，不艰涩，
让心态清淡，有温热，不老去，
让身躯延伸，有弹性，不紧缩
让情谊长久，有守望，不猜想，
让时间饱满，有内容，不虚度，
让爱情专一，有成长，不武断，
让亲情体谅，有真诚，不索取，
让未来明亮，有期待，不悲戚。

让我望向你……
我的太阳，
我的花朵，
我的海浪，
我的云彩。

太阳里生花，
海浪里生云。

我们生虹。

187 初秋

用双手奉上真心，泪却从指间流落。

用枯叶祭奠盛夏，
秋风秋雨唱挽歌。

用飞翔在釉彩里的仙鹤捎去思念，
用萧索的歌声迎合高冷阴郁初秋，
用去除了花蕊的花向你摇摇问好，
用一杯凉的茉莉花茶为你降心火。

鱼儿囚禁在缸争着吃食，
人儿吸附在球占据地盘。

太阳逃跑，
月宫隐藏，
星星舞蹈。

我和云对话。

倏忽间，
太阳回来了。

188 时光

走在时间的心脏之上
咚咚的声响重叠
飞溅起阳光的碎片

云的影在路上追逐
过去与未来牵手在此刻

森林深处有雏鸟待哺
大海之下有温情飞舞

把心盛装在清澈的玻璃樽里
真情尽现
不可触及

在时光里尽情嬉戏
光晕罩身
玩雨玩雪玩飞起的浪
听风听海听大雁归来
沉睡沙滩

与鸟儿同飞
互相望
互诉衷肠

锻造自己
把自己献给最好的未来

189 时间堆

时间可以随时获取
比如照片上的时间

堆积如山的照片
是片片凝固的时间
或暖或痛地触动我们的心

把照片捧在手里
用尽全力回忆
想进入照片里去
去拥抱
去笑
去唱
却不能

把照片捧在手里
是自己观看自己的岁月
驻足在时间的远端
回首看
无论曾经是悲是喜
都是伤感
因为我们都想
从头来过

190 坏小孩

墙上的裂缝
是优美或丑陋的人像

大理石里的波纹
是凝固的海

地上匍匐的成片毛毛虫
是春的使者

枝丫上的芽
落了又生
把自己全然交付自然

脸庞上的风
来了又去
听凭宇宙的命令

白云不知棉花来自土壤的软
棉花不懂白云来自雨滴的内涵

语言在空气流通
毫无价值

感情在心中流淌
眼眸自懂

有一种缘
最残忍
眼见最爱的人
一点一点老去
直至不能说
直至不能动
仿佛一把刀在心尖上
反反复复切割
血再无法止住

想捧起他的脸
恨岁月无情

想跟他吵嘴
痛他再无言
想拉起他的手去跑
哀他再无法同去

再美的图画
最后都会消失

所有的爱恨情愁

随着青烟

弥散在山

让山有了情

弥散在水

让水有了意

所以

当我伫立在山水之间

我心中充满爱

我身已软成一滴雨

遨游四海

191 纠缠不休

雪的精灵在冰上舞蹈
变成冰花

雪的精灵在树上停留
变成树挂

雪的精灵潜入我心
变成水晶
沉甸甸

冬日的阳光
暖不热冰封的江

绽放的花朵
扮不靓空寂的家

高昂的歌曲
换不回昔日的回忆

逼真的画像
招不回画中人

从无到有
从有到无

经历的波澜壮阔
是一场梦
梦里相恨
梦外相爱

其实
我们从未改变
本是宇宙间永不消失的粒子
相似的粒子
永远纠缠不休

192 祈祷

灯光从织网里探出手
落在地毯之上
手拉手望着星空

不败的花
与不败的叶
在夜里
深情凝望

雪花
在窗前表演舞蹈

车流在音乐声中递减

如果可以
让我上天
摘得鲜桃

如果可以
让我入地
炼得仙丹

全然奉献给你

让你奔跑
让你说
让你笑

其实
日子很久
哪里是开始
哪里是结束

其实
开始就是结束
结束就是开始

其实
我们从未
从不会
分开

193 美

手指间流落的水
跌落沙中
逃脱不见

远方的消息
如夜空中的星星
一闪又不见

梦中紧紧的拥抱
把头埋在您的怀里
感受自己的眼泪孕育
醒来
您又不见

每一夜
黑暗吞噬太阳
留下光怪陆离的世界

每一个灵魂
在梦里游荡
相遇或分离

谁能看见
你头顶的光晕

谁能听见
花开的声音

谁能感受
鱼缸里鱼儿的悲戚

谁能懂得
你的风雨晴雪

赤脚踏雪
脱去种种束缚

向着一轮红日
走去

194 心甘情愿

从此
心甘
情愿

小时候

我喜欢清晨躺在床上
听锅碗瓢盆叮叮当当的声音

我喜欢听
妈妈做家务时哼着歌

我喜欢听
妈妈参加家长会后欣慰的话语

我喜欢听
爸爸打冰球时
冰刀撕裂冰面的声音

现在

我喜欢听
你朗朗的读书声

我喜欢听
从你小老虎般的脸上
泛起的咯咯笑声

我喜欢听
你洗澡时
飘出来的高昂的歌

我喜欢听着歌
看着闪动着的风景

我喜欢听
飞鸟震动翅膀的声音

我喜欢听
风与云窃窃私语

我喜欢听
大海与沙滩难舍难分的情话

阳光的线是声音的线
每一个人闯进光线里
创造属于自己的音乐

我骑行在光线里
蜿蜒起伏
谱写出一曲离奇的歌

歌里
我化作水
随势流转
我化作山
寂静伫立
我化作仙
逍遥自在

从此
心甘
情愿

195 后悔的月

桂花的香
把日子吹到了今日

我们用月饼祭奠你的相思
我可以抱你吗

你端坐广寒宫万年
后羿已化作千千万万男子

万年只是一日

天上无法团圆
人间分分合合

你的情丝
潜入每一颗心

让我们对这月哀叹
让我们对自己的情怅惘

你已无从后悔
只有
后悔的月
缺缺圆圆
哭哭笑笑

196 思念（三）

思念是一只小小虫
一寸一寸钻进心里
一口一口地咬

思念是手里的瀑布
源源不绝地倾泻
无法掌握

思念是天上的星星
永远停留在天幕
照亮每一个夜

思念是无须告知的默契
窝在各自的心里
化作遥远的歌声

思念是一场不休的梦
梦中的喜怒哀乐
醒来无人可诉

思念是一粒后悔药
祈望时光倒流
温暖相处

思念
在分别的前夜已经开始

你
在我的回忆里
永生

197 我喜欢

我喜欢你

我喜欢奇石

我喜欢云和月

我喜欢古琴声起

我喜欢在路上听风

我喜欢默默生长的草

我喜欢甜糯的汤圆汁液

我喜欢饮亿万年雪山的水

我喜欢听乐曲绵延隐现在耳

我喜欢你口中冲出的阵阵烟雾

我喜欢阳光落在绿叶上亮亮地闪

我喜欢我喜欢你的同时你也喜欢我

我喜欢夜晚虫儿叽叽喳喳地聊天

我喜欢看家里升起的缕缕炊烟

我喜欢听婴儿不停地咯咯笑

我喜欢水瓶里密密水泡

我喜欢层叠柔软的花

我喜欢在海里淋雨

我喜欢朗朗书声

我喜欢风和雪

我喜欢书香

我喜欢我

198 梦想

大地的心碎了
天上的海怒了

风从你那里吹来
带来你的温度

照耀过你的太阳转来
温热每一滴落线的雨

路灯下
影子无声
心却舞蹈

捧起一首歌
飞扬在夜色
送给你
虽然你从不会知晓

我是溪水里一条鱼
虽然还未看到海
但是我知道海的方向

总有一天
我们会相会在海里

199 密码

花儿有密码
树儿有密码

云儿知道
风儿知道

看
云儿一下雨
花儿树儿就垂泪

风儿一吹
花儿树儿就绽放

我儿
你的密码
是什么
我知道么

睫毛在夜色里浮动
梦境在脑海里漫游
今天的尾巴越来越短
明天的黑马越来越近

320

你就在那里
等待
等待我开启你的密码

密码的口诀
就是
妈妈爱你

200 轻浅

淡淡的太阳，淡淡地照，
淡淡的花朵，淡淡地娇。
无声有爱。

浅浅的夜色，浅浅的梦。
浅浅的歌声，浅浅的风。
有声有爱。

清清的远山，清清的水。
清清的问候，清清的慧。
有形无形。

蓝天坠入水里就是大海，
大海升入天空就是蓝天。
本是一体。

阳光照耀你，也照耀我。
细雨净化你，也净化我。
自然无有分别心。

把未来盛装入礼盒，
用心一一打开。

201 归家

车轮滚滚
碾压过裹夹着故事的旧情歌
缓缓奔驰在无人的路上
这条归家的路啊
走过那么多次
每一次
相同
也不同

让我把人生剪辑
只留下归途的影像
有你，有我
有歌，有车，有路……
有属于你和我的风霜雨雪……

一颗心
要经历多少
才可以如莲花盛开
一颗心
要经历多久
才可以走在归家的路上

202 雨中行

雨中行
雨中看雨

我把山上的白云
轻轻折叠收入行囊
我把阵阵干净细雨
用透明宝瓶盛纳
我把友善的笑
影印在心里
透过雨滴看你
是最美油画

一辆车
在雨帘中
穿行
随山势蜿蜒而去
激起无数无法追随的雨花
我徐徐关上心门
任凭你敲啊敲……

我会把白云寄给你
我会把细雨漂流给你
这样不是很好

203 油彩

把油彩泼洒
恣意流淌
交汇新生
创造最美图画

把油彩画在脸
画出夸张条纹和色块
演绎精彩远不如自己的千年剧情
转身回眸间皆是戏

着随风摇摆的衣裙
阴天乐
晴天悲
穿黑色红底细细高跟鞋
踏碎每一个幻想

溜掉一个幻想
在土里
生根发芽开花结果……

204 误会

花朵误会绿叶的深情
云彩误会太阳的温暖
天空误会彩虹的美丽
缘分误会微风的纯粹

一万个人的心中
有一万种世界的样子

我们误会这个世界
就如同我们误会了自己

月宫里传来一阵一阵电波
心房中坚冰一点一点溶化
把绚烂加身
让身心一致
让自己与世界融为一体

205 欢快

扑捉欢快的心跳
舒展紧缩的筋骨

扯来阳光作被
皑皑白雪作毯
金色手指作垫

把空气做水
然后
在空气里遨游
遨游到你的世界
在你的世界停留

咬住青春
把岁月倒入酒杯
与你一饮而尽

206 什么

有什么难过
难过的是云为什么不是蓝色

有什么生气
生气的是青蛙为什么不会飞

有什么担忧
担忧的是燕子为什么会归去

有什么疑惑
疑惑的是水为什么会让石圆

有什么病痛
病痛的是语言铺就的苦难岁月

有什么财富
财富是不断生长的慧根

有什么喜乐
喜乐是看见红日在头顶

有什么淡定
淡定是接纳一切本来的样子

有什么
没什么
拾起岁月
手挽清风
欢畅奔跑

207 道别 2016

一朵一朵浪花似时光
归去
隐没在深深海底

一朵一朵鲜花似时光
萎了
掩埋在深深地心

我把你印在浪花之上
所以我深潜海底找寻你

我把你捧在鲜花之中
所以我融入花心探望你

后来
我躲在文字的森林里
翘首以盼
把文字拿捏成想念的样子
等待

用文字歌唱
好过用文字悲鸣

用文字跳舞
好过用文字落寞

在文字的世界里
我等你

208 行走

注视沉睡的山
错落的石块间
曾经是谁的家
如今空空荡荡给谁看

行走山间
就是行走在亿万年的大海底下
山是水
水是山

吵醒静止的河流
远观浑黄的水
近看水花却纯净
就像外表坚硬内心是水的椰子
就像言行冷漠内心似火的人儿

干枯的树枝舞蹈给天际看
纯洁小鹿轻轻聊天

摆一场筵席
在大山与我之间
实现我们曾经的承诺
我用醉的眼看山
山用最深沉的目光照耀我

鸟儿飞过
把鸣叫留下

鱼儿游过
把水波留下

我来过
把情留下

209 拉斯维加斯之旅

在下雨的公路，
一滴一滴雨水像一个一个小小虫，
在汽车前风挡玻璃上，
出溜出溜地向上爬……
留下一行行深色脚印。

沉默的司机，
从不打开音乐，
车厢里每一个人的思绪在无声里，
像云一样在各自头顶盘旋，
沉甸甸的。

斑驳的雪在石头的山上，
像粗犷的大理石，
环抱着这个城市。
高耸的棕榈树伸开手掌抚摸蓝天。

一行人疏疏朗朗，
汇集于此，
然后再绝情离开。

210 温哥华的雪

雪一直下
雪是凝固的眼泪

是谁与谁的伤心
漫天飞舞

是谁与谁的思念
绵延不休

穿行在雪的童话里
让直耸入云朵里的千年松树
放声歌唱
震颤掉千年雪花……

赤脚踢踏在雪地
赤身旋转在雪中
赤手团一个个雪团
掷向你
然后拥抱着翻滚在雪地
笑声将雪毯弄皱
停下来仰望
向树墙上新开出的一簇簇白花飞吻

让自然
顺其自然……

211 乐

音乐点燃灯光
灯光撒下丝丝金线
金线层层编织思念
思念被围困在房间
房间置身冬雪之中
是雪夜里一块琥珀

吉他的弦被拨弄
拨弄得如流水从琴洞里汩汩流出
流出爱
流出情
将房间一寸一寸填满
如洪水将生命夺去

索性匍匐在地
倾听大地的心跳
跟星星对视
向归巢的鸟儿道晚安

向未来的未来
说
我来了……

212 隔着雨滴看你

隔着雨滴看你

地上的气
徐徐上升

天上的水
洒落下来

一滴一滴
落在眼前

一串一串
融合一片

隔着起伏的片片水团
看向你
你抖动似缎
你流淌似油
你写意似画
你扭曲的身体
浸润在雨滴里

你依然是你
我却已不再是我

213 春风

每年
春与风都会来

春来
等风

春用黄的花
装扮自己
迎风

春用绿的芽
蓬勃自己
盼风

这是春的回忆

风来
等春

风吹拂黄花的苞
装扮春

风悄悄与树商议
祈求树生出芽
蓬勃春

这是风的记忆

春风十年
春风百年

春的回忆里都是风的记忆

214 一棵树

一棵树
数十年不变地等你
让你看她每一年的春花烂漫
数十年不变地看你
看你每一年的成长

一棵树
从未承诺什么
却始终站在原地
任风霜雨雪
任雷电日照
根系越来越坚
心意越来越强
只为给你展现一年比一年更美的花冠

一棵树
一棵妈妈树
不要回报
只要拥抱

215 天黑黑

阳光洒落下来
照在飞舞的尘埃上
尘埃跳舞给你看

当地球与太阳生气
背转过去
眼睛再也见不到
跳舞的尘埃

于是
精灵出场
精灵悲悯地看着人间
每一个窗口似嘴巴
每一处灯光似呼喊
呼救呼救呼救

天黑黑
黑得似黑色绒布罩住你的心

星闪闪
是可爱的星星与你做鬼脸

雪白白
白得似婴儿肌肤般纯净

手挽挽
真挚的感情丝丝蔓延

泪咸咸
承载今生的喜乐

一个人去了
那么如何埋葬她的那些梦
梦飞飞
飞向宇宙
当你的梦和我的梦相遇
必将迸射出耀眼火花
那就是美梦成真
而后化作流星
划一道最美曲线
坠落人间
变成一块顽石

216 梦回十八年前

梦回十八年前

常常坐在窗前
看滔滔江水慢慢变成硬硬的坚冰

常常坐在窗前
看浑黄的江水慢慢被皑皑白雪覆盖

常常坐在窗前
看游弋在江水里的人和船慢慢消失不见

常常坐在窗前
看阳光洒满大地到夜幕慢慢垂落下来

常常坐在窗前
看车流不息慢慢变成静谧的街路
周而复始

我一直爱你
不用欺骗浇灌的树苗
长高长高长高
长成要振翅高飞的样子
拒绝一切
绝情绝情绝情

于是
我常常梦回十八年前
拥抱那时小小的你
竭尽全力保护那时弱弱的你
感受你现在所没有的
对我全部的爱和依恋

梦醒时分
怅然若失
悲喜交加

217 心花怒放

如果音乐里有房子
那么我愿意永远住在这间房子里

在这间房子里
轻轻纱帘随意抖动着
灯光一直昏暗
烛光一直跳跃
各种香气一直更迭
地面是暖暖的黄色
可以赤脚跳舞
可以躺下来翻滚

看
任意地看
自己的过往

走
可以走进去过往
抱抱所爱

退
从过往退出来
拥紧现在的自己

吐
吐出一口气
微笑着与未来拉拉手

住在音乐里的房子
可以不食人间烟火
数鲜花多少瓣
观察雪花的图案
画绚烂多彩的色块
写龙飞凤舞的书法
饮梅花之上的露水
奔跑向从未来归来的你
紧紧拥抱旋转

天旋地转间
爱意撒播一室

这一室被音乐慢慢撑得大起来
大到装得进去山川河流
大到装得进去风霜雨雪
大到装得进去太阳月亮星星
大到装得进去宇宙

然后
心花永世怒放

218 大自由

大大的树影摇曳在窗棂之上
涌来涌去
却挤不进这馨室
来问候你
来召唤你驿动的心

你摇曳在众人之中
如花开
只有花蕊
与岁月为伴

花瓣依依萎了
择一地
与回忆终老

小小火苗
点燃绿草的清香

风凛冽地吹起
吹起记忆
记忆被车轮碾压
射到这里那里
哪里都是你

云收集霜花
酝酿成雨

风收集种子
孕育世界

火收集信念
淬炼成钢

水果的自由是落地
猫咪的自由是奔跑

摊开手
张开怀抱

窗户裁剪天空
云彩哭了又笑
露出圆圆的脸
遥望

无声的雪花
飘落在无声的心海
卷缩着
倏忽间
钻进心海

无声的炊烟
舞蹈在无声的空中
伸展着
转瞬间
融入天空

无声的阳光
照耀在广袤大地
进取着
须臾间
万物生长

花开无声
抽枝拔节无声

车行
歌行
云行
我与每一棵树
只有这一瞥的缘分
我不曾看到他枝繁叶茂
只看到他寂静肃穆

我与这蓝天
缘分至深
他从始至终
环绕着我

终点啊
慢一点到达
让我在路上
思绪飘飞
如此自由

寄语

感恩你们……
如此鼓励我，成就我……
我爱你们……

那些年，我们没有好好追过的女孩……

发小儿出诗集，抬爱，让我先睹为快。

发小儿，是一个美丽的女孩儿。在我年少的记忆里，我们，应该匆匆地爱过。尽管，久别重逢的时候，她说，"我忘了……"能，如此轻轻绕过"相看泪眼"的发小儿，难怪可以写出一本儿好诗集啊。

诗集叫作《心界》，我看了标题，觉着重重的。可是这些年，我们几乎是音信杳无，我不知道《心界》的那一端，究竟发生了什么？

读诗，是一种享受。但有时候会很累。诗，是心里淌出来的话，不是写出来的。所以，匆匆读不出所以，只能细细地品味。而在这个浮躁得一切都有价目表的时代，能写出诗的人，我以为，心里，要么是清澈的，要么是苦闷的。我不知道快乐，是不是也能成诗？在白衣飘飘的年代，快乐可以；在现今，那应该是一个多么让人艳羡状态的快乐的人啊。我希望，发小儿是。

推荐几首我读懂了的，虽然一定不是诗集中最好的，最好的需要每个人自己去体会。

让我最惊喜的是003《惠特妮》！

我们分别的时候，彼此应该都不知道谁是惠特妮。而在这首诗里，当年的我们和现在的我们，执手重逢……惠特妮在遥遥的天堂，用不世出的嗓子，告诉我：青春的过往，我不曾错看了发小儿啊！

让我泪奔的是038《那么好吧》。

发小儿用"稀薄、断裂"定义了一种无奈的分开，更用一种我所熟悉的倔强说出了"告诉你不曾给我的幸福的样子"……那么好吧！

谁的青春里没有这样的无奈，说出的"好吧"，又和着多少的叹息。而于我，这首诗，就像是发小儿说给我的——美好，有时候是一种毒药，常吃至幻。那么好吧，不正是她回应我的那句"我忘了"吗！

让我心碎的是 022《你可以等我吗》。

啥都不说了，都在酒里！这就是这首诗能传达出的力量和震撼。夏天之于冬天、燕子之于春天、织女之于牛郎、抚弄之于琴弦、花朵之于蜜蜂……看似理所应当，顺其自然，但是真正的相遇，却往往只能是一场没有结局的等待。无力得，就像是"我等你"。诗的最后那句，轻描淡写的"就像我等你"，让我想到了《归来》里巩俐绝伦的演绎——最震撼的等待，是自己等自己的梦……

让我惊艳的是 055《成为你》。

"把记忆用筛，滤掉难堪，只留下美丽……"已然是最敲动人心的字句，瞬间觉着"摊上大事儿啦"，之后却一转"簌簌落下的美丽，堆积成最震撼的奇景！"，

个人觉着，有这个段落垫底，这个诗集就成了！这就是"成为你"的境界——你的一切，都是美好，美的是美的，不美的，我忘了……这个世界，太多的遗憾，太多的挣扎，为什么我们不去用簌簌落下的美丽，堆出自己的奇景？人生，不过是光阴的过客，心大点，啥都不是事儿啊！当然，我觉着，这首诗，一定是让我给读歪啦。

一转眼，我和发小儿都是 4 字头的年纪；一转眼，风花雪月，早就难挡不可避免的柴米油盐。我相信，她笔下这一本儿经过时间沉淀的嬉笑怒骂、快意感伤，会让很多如我们一样哭过笑过的人，体会到成长！

明秋

2015 年

353

关于舒心的诗 一个我心目中"琉璃"

舒心是这样一个能在婆娑世界和现实生活中行走的诗人，一个美女诗人，一个清丽而灵魂炙热的女子。

我们的相识还是在舒心很年轻的时候，第一印象便是一个清新脱俗的女子，交流中渐渐熟悉了那高冷的外表掩饰下的热情和对美好意境的执着以及冲击世俗的胆量，就是这样一个对生活充满畅想能把现实的纷杂变得很绚丽的女子本身就是一首能在静夜里沁入你心田的小诗。

"我目送你渐行渐远／消失在我心底／这样也许最好／这样也许不好／留下我一个人的深情／这情深似海／将我淹没……"（037《情深似海》）——没有华丽的修饰，没有故弄玄虚的刻意，笔随心动，此处烟雨正浓，此处情话正沺，作者就是用这样的顺势涌来，将读者带入她的世界又或被抛进自己的回忆中。

"我／听到我心花开放的声音／我／看到我由一株小草变成一株向日葵／向着太阳旋转饱满的身姿／抖落尘埃／节节攀升／了然于心"（059《向阳花开》）这是与自己的灵魂在对话，是一个世界与另一个世界重奏的一首小夜曲。

读舒心给我寄来的诗集手稿我用了一个月的时间，不是因为诗歌的数量而是她的诗字字句句需要慢品慢读，每一首诗歌都似一块琉璃，那里有风雨、那里有静夜、那里有成长、那里有人用心在说话。

我喜欢诗歌也写诗，但是这次我被难住了，我没有能力为舒心的诗集作序，有的只是一个虔诚读者的心，读着作者的每一首诗歌都会把我带到很远很远的地方，再用心审视着自己的过往，品了"舒心"读了我心。

以上的三言两语权且当做为作家舒心女士即将出版的诗集添些色彩吧，作为老朋友衷心祝愿舒心快乐幸福，祝愿舒心的诗集出版成功，现正是 2016 年的春天，为舒心女士献上我于2013 年元月出版的诗集《空白》中的一首小诗慰藉此心。

《春兰》
春季里的春让兰有了玉的脂
玉兰脂将兰退去铅华弄梢头
似笑非笑闯进了凡人的眉帘
欲折又作罢，欲罢怎作罢
罢了罢了
问春
谁能告诉我
又从何处去作罢

王森

2016 年 4 月 25 日

解读心界

心界是一个很难定义的地方，它存在于真实和虚幻的国度，游走在现实和理想的空间，那真实就如我们的躯体，每天忙忙碌碌，那虚幻就像我们的梦境，只有在身体停歇下来才若隐若现。人们常说梦里是灰色的，看不到色彩。我想这也像我们现在的生活，周遭五颜六色光鲜夺目，内心却空洞乏味缺少景色。洗尽铅华的质朴是真实的，亦如舒心娓娓道来的诗句，寒来暑往，春雨冬雪，一山一水，一花一木，和着她的泪水和欢笑，伴着她的心声和步履走入人们的内心，装点着缺少色彩的梦境！人生何尝不是一场梦呢，庄周梦蝶，蝶梦庄周，先辈圣贤的生活是简朴的，但梦境一定是绚丽多彩的，不然庄子他老人家怎么能分辨出梦到的是蝴蝶还是飞蛾呢？现如今外部的环境让蝴蝶和飞蛾的差距已经不大了，那就让心界里的蝴蝶飞到诗歌的花簇中，去寻找遗失的美好吧！

王云峰

2015 年 10 月 30 日

在这个快节奏、高清晰度的网络时代，舒心的诗如同一股轻柔的迷雾，悄然弥漫在字里行间，为我们的感官带来了一种别样的触感。它不追求直白的表达，不拘泥于具象的世界，而是以一种含蓄、多义的方式，引领我们进入一个充满想象与情感交织的艺术空间。

　　我有幸为这样一本特别的诗集写下一段话，这是一本由心灵深处涌出的诗篇集合，是我的朋友——一位真正热爱写作和生活的诗人的心灵倾诉。在这些诗中，你会看到云翳背后的月光，听到风中摇曳的叶语，感受到梦与现实交错的瞬间。

　　这些诗作，或许在你初读时显得有些模糊不清，它们像是夜空中的星辰，闪烁着不定的光芒，引人遐想。但这正是她的魅力所在，它不急于揭示答案，而是邀请读者与诗同行，一起探索那些隐藏在字句之间的深邃意境。

　　在阅读这些诗篇时，你会发现，每一首诗都是一个独立的宇宙，它们拥有自己的时间、空间和情感色彩。诗人用她独特的笔触，勾勒出一个个梦幻般的场景，让我们在阅读中既能感受到作者的个人情感，又能在这些情感中找到自己的影子。

　　这些诗篇中，有着对自然的赞美，对生活的感悟，对未来的憧憬，也有对过去的回望。它们如同一面面镜子，映照出我们内心的喜怒哀乐，同时也折射出我们对这个世界的理解和认知。

　　我希望能通过这些文字，为读者打开一扇窗，让清新的空气和温暖的阳光洒进心田。让我们一起在这些诗行中漫步，感受每一个字背后的力量，体验每一次心灵的触动。

　　最后，我想对我的朋友说：在你的诗中，我看到了你的灵魂，感受到了你的温度。你的文字，如同一首无声的乐章，让人在静谧中聆听生命的声音。愿你的诗集能够触动更多人的心灵，愿你的诗意永远朦胧而美丽。

　　愿每一位翻开这本诗集的读者，都能在这美丽的诗意中找到一片属于自己的天空。

王波

2024 年 3 月 13 日

在平凡的生活中，我时常收到 Wendy 分享的一些诗歌，欣赏着诗中文字，再配以其推荐的音乐作为背景，为平常而又忙碌的生活带来片刻不同的节奏与色彩。这次接到邀请写一段寄语，我更是感到十分荣幸。

多年前旅居新西兰与 Wendy 相识，她的气质令人印象深刻，起初以为她不食人间烟火，但经历了野外艰辛的远足，以及日后相熟，方才了解到她坚韧的毅力，对理想生活的努力追求和丰富的思想。就如她的诗歌在寥寥数行中释放出的强烈的情感。诗如其人，清新却又寓意深刻，让我们感同身受。虽多年未见，读到这些诗，却又见字如面。

这本诗集既是对读者和朋友们的一个尽情分享，也是对她自身情感的一个归纳。借此寄语，寄出相思和问候，并预祝诗集出版顺利！

Brad

2024 年 3 月 18 日

致才华横溢而又风姿卓越的二妹：

一个小时候和关之琳小时候一模一样的小女孩儿；

一个手握毛笔能写得出洒脱大方的字体和画得出仪态万千的画作的少女；

一个面若桃花，身姿妖娆，有着温柔如水的外表却能横跨大西洋独自驾车驰骋在异国土地上洒脱的女子；

一个可以自己设计装修出极具后现代艺术气质居所的女子；

一个充满梦想、活力和希望的女子创作了两百多首诗篇，你可以从这些诗中发现她的快乐、忧伤、彻悟、期待，以及对生活的热爱和执着，你会和这个身怀绝技、奇巧玲珑的女子一起美丽、一起欢笑、一起哭泣、一起成长……

读妹妹的诗，会有一股清流缓缓涌入你的身体，她的诗会点醒你的灵魂。

大姐晓颖

2024 年 3 月 18 日

优秀的二姐

我有个优秀的二姐

她有着惹人嫉妒的容颜

学习成绩优异

琴棋书画样样皆通

她不爱说话，上台却能演讲

看似柔弱却不惧权威

穿衣打扮不落俗套

未经学习却能装出样板间的家

她优秀得有点不真实

老天爷是如此的偏爱她

给了她别人梦寐以求的优势

她也不负老天爷的偏爱

写了两百多首诗歌

这些诗里有爱！有恨！有情！有意！有你！有我！有他！

人世间的疾苦欢乐都在这里。如果你想走进她的世界，先走进她的诗。走进她的诗，你会感受到如此优秀的她！

小妹一然

2024 年 3 月 18 日

朋友圈部分留言

岁月静好：很喜欢舒心的诗，有温暖、有感伤、有热烈、有深沉，文字积淀相当有功底，大赞！

辛东明：我不喜欢诗，也不爱好文学，但是舒心的诗总能深入我心，虽然我没有风花雪夜，但依然是醉了！

葵花：老话讲女人贵在知书达理，舒心这样的极品我想结识。读着入心啊，这个有才情的小女人，真招人爱呀。

绅侯录音棚：渺小的我们　用诗歌　突破苍穹　与浩瀚宇宙相连

Maggie：生活有单调的时候，但思想永远是春天，生机勃勃，加油！你在我们心中永远是最棒的！

邢小佳：读舒心096《黄色》有感，黄色，舒适而久远。犹如母亲对我们的惦念，她的爱如山中清泉，汩汩流淌，没有终点，洗去世间铅华，陪我们一世清新自然。黄色是温暖而不刺眼。犹如少年时的爱恋，斑驳的记忆，最终模糊了青葱岁月里不朽的誓言，阡陌红尘，相望相知，最好的爱，不需百转缠绵。黄色，就是爱的颜色，不急不躁，恰到好处的颜色。给我们温暖，虽于尘世中听马嚣车喧，却可心携一抹柔和，怀揣一束烟云过往，放逐，万古流年。

张纯：《心界》是一部找寻自我，源自心灵深处声音的诗集。那一句句清丽的词语，仿佛刚从冬日的暖阳里萌动出来的嫩芽，默默地散发出泥土般质朴的芬芳，流动着春的气息，爱的花语。字里行间铺展的画卷是一个少女般的纯真情怀，灵动而曼妙的身姿，自有一种打动人心的淙淙禅韵，盘旋在渺渺时空里，洋溢在夜晚的袅袅茶香间，层叠出对未来美好的期冀，实时地律动在梦里梦外搜集着时空的序曲。从每首诗中可以品味出当时的心境，好像步步踩踏在琴键上，演绎出了一首人生篇章，从此时光静好。

古琴老师：我喜欢你那些诗的最后两句，总是能把诗意烘托到极致。

单老师：诗文美，就是你的心灵美。

江上饮者：我们的朋友圈都在各种晒，各种转，各种各种种，还有卖东西的呦，当手指机械一般滑动着，这里总会留下一丝清新一丝感动。

绵羊国的 Abby：先有需求，才有遇见。我想我也是热爱诗歌的，所以才会慢慢地认识舒心这样美好的女子。人们常说生活不止是眼前的苟且，还是诗和远方，可是远方究竟在哪里，我们却常常没有勇气去探究。既然没有勇气去探究，那便在诗歌里徜徉吧。在诗歌里哭，在诗歌里笑，在诗歌里金戈铁马，在诗歌里婉转低回。欢迎你来到舒心的诗歌世界。

常青：生来就美，还才华横溢。自带光环，还有运气加持。出走半生，归来的你我，脸上风霜不见，友情天地可鉴。

* 彩蛋……
我儿诗歌四首

春的记忆　　2015.12.12（9岁）

春熔解在泥土里
仿佛心也熔解了
春是一段记忆……

（注：当时我们正在家里听庾澄庆唱的《春泥》，儿子突然说："妈妈，快给我笔纸！灵感来了，我要马上写下来！"）

362

糖包的心——我与妈妈　　2016.10.5（10岁）

糖包的笑脸，
夹杂着丝丝甜蜜，
犹如你我。
畅游在大海里，
游啊游，
闻到海的咸味，
听到浪的声音，
吃到鱼的新鲜，
因为有你，有我。

（注：这是一个早晨，儿子吃到姥姥做的糖包，写下的。）

月惑　　2016.12.15（10岁）

白玉照我庞，
今夜已迷离。
是真白玉耶?
整夜在猜想。

（注：那是一个冬日的月圆之夜，儿子看着月亮，用田字格写下了这首诗，他说此诗讽刺人们对钱财贪婪的欲望。）

如果——献给卖火柴的小女孩儿　　2018.5.19（12岁）

如果，
我是那个小男孩，
我会把我的鞋献给她，
给予她温暖!

如果，
我是那只烤鸭，
我会飞到她的怀里，
给予她能量!

如果，
我是那棵圣诞树，
我会长在她的身边，

给予她明亮，
点亮她的心！

如果，
我是那个火炉，
我会化作夏天，
给予她最热烈的温暖，
点燃她的心灵！

如果，
我是那些路人，
我会买了她的火柴，
给予她钱财，
只为点亮世上的黑暗！

如果，
我是她的奶奶，
我会带她快乐地玩耍，
给予她最大的幸福！

如果，
我是我，
我会给予她一切！